tempo

I Delyth, am dy ffydd ynof

tempo

RHIANEDD JEWELL

Argraffiad cyntaf: 2025

Cynllun y clawr: Sion Ilar

Rhif Llyfr Rhyngwladol: 978-1-80099-699-1

Dymuna'r cyhoeddwyr gydnabod cymorth ariannol
Cyngor Llyfrau Cymru

Cyhoeddwyd ac argraffwyd yng Nghymru
ar bapur o goedwigoedd cynaliadwy gan
Y Lolfa Cyf., Talybont, Ceredigion SY24 5HE
e-bost ylolfa@ylolfa.com
gwefan www.ylolfa.com
ffôn 01970 832 304

Diolch

I Mererid Hopwood am fod yn ffrind mor gefnogol trwy'r holl broses ysgrifennu. Hoffwn ddiolch i Alun Jones ddwywaith. Diolch i Alun, y golygydd doeth a oedd mor hael â'i amser a'i gyngor wrth olygu'r gwaith hwn, ac i Alun, yr athro brwdfrydig a ysbrydolodd genhedlaeth o ddisgyblion, gan gynnwys fy nhad, i ddysgu'r iaith Gymraeg. Heb ei ddylanwad gwerthfawr, ni fyddai trysor y Gymraeg gennyf. Rydw i'n ddiolchgar iawn am waith arbennig tîm Y Lolfa wrth baratoi'r gyfrol hon i'w chyhoeddi, yn enwedig Meleri Wyn James a Sion Ilar. Diolch i feirniaid Medal Ryddiaith Eisteddfod Genedlaethol 2024, John Roberts, Annes Glyn ac Elen Ifan, am roi hyder i mi fel awdur newydd. Diolch hefyd i fy chwaer yng nghyfraith, Anna, am ateb fy nghwestiynau am ei maes arbenigol.

Roedd cefnogaeth a chariad aelodau fy nheulu mor bwysig wrth i mi ysgrifennu'r nofel hon, ond mae gan bob un ohonyn nhw ran yn y stori hefyd. Rydw i'n ddiolchgar i fy mam-gu, Kitty, am gyflwyno byd hudolus cerddoriaeth i mi, i fy mam, Siân, am fy nysgu i garu ysgrifennu, ac i fy nhad, Anthony, am fy nysgu i garu darllen. Diolch i Delyth, fy chwaer a fy narllenydd cyntaf, am ei hanogaeth a'i hamynedd wrth drafod fy holl syniadau. Diolch i Pete, fy ngŵr, am greu gardd mor ysbrydoledig. Yn olaf, ac yn bwysicaf, diolch i Heulyn ac i Anian am ailgynnau fy nychymyg ac am gyfoethogi fy mywyd ym mhob ffordd bosibl.

Preliwd

'Ust. Gwranda. Wyt ti'n clywed y tawelwch?'

'Ond does neb yn gallu clywed tawelwch.'

'Pam hynny?'

'Achos dyw tawelwch yn ddim byd. Mae e fel dweud wrtha i am edrych ar dywyllwch y nos, i edrych ar y düwch. Ond y golau dwi'n 'i weld. Y tywyllwch yw'r darn rhwng y sêr a'r lleuad lawn. A'r tawelwch hefyd yw'r darn rhwng y syne, rhwng y node. Dechrau a diwedd y gân.'

'Na, na, 'nghariad i. Mae tawelwch yn gwneud mwy na llenwi'r bylche. Mae tawelwch ei hun yn llawn.'

'Ond yn llawn o beth?'

'O gyfrinache, o wirionedde, o densiyne a theimlade. Mae tempo a rhythm i dawelwch. Mae pob tawelwch yn wahanol, yn unigryw. Distawrwydd. Mudandod. Felly gwranda, 'nghariad i. Gwranda'n ofalus. A chei di glywed pob math o bethe wrth wrando ar dawelwch.'

Largo

Yn araf ac yn urddasol

Rhosod Mrs Jenkins oedd y rhai gorau yn y pentref. Doedd dim gwadu hynny gan fod y llwyni trwchus yn rhedeg ar hyd ymyl ei gardd flaen, blodau lliw'r machlud yn atalnodi gwyrddni'r dail tywyll. Ym mis Mehefin roedden nhw ar eu gorau, eu petalau'n felyn, twym. Ond wrth i'r misoedd grwydro at dynerwch yr hydref, byddai'r blodau newydd yn tywyllu gan newid yn lliw sinsir ag ymylon coch, cyn colli gafael ar eu petalau pan ddeuai'r gaeaf. Doedd neb erioed wedi gweld eu cyffelyb, ond doedd Mrs Jenkins ddim yn debygol o rannu ei chyfrinach.

Pan adawodd Mrs Jenkins ei chartref un bore oer ym mis Chwefror, roedd ei rhosod trawiadol yn dal i gysgu, ynghyd â phawb arall ar stryd gefn stad Pen y Cae. Wrth gamu'n bwyllog trwy'r ardd i'r heol, sylwodd y byddai'n bryd eu tocio'n fuan iawn cyn i'r gwanwyn eu dihuno. Roedd angen creu lle i'r blodau ymysg y drain. Dyna fyddai cyngor Mr Jenkins.

Nid oedd hi'n afresymol o gynnar pan gyrhaeddodd hi'r arhosfan bysiau, ond roedd haen denau o gysgod y nos yn celu'r awyr o hyd. O'r safle oer, yn awyr ffres y bore, gallai weld cochni'r wawr yn cleisio'r nen dros y gorwel, ei goleuni'n gwaedu trwy'r cymylau llwyd. Ac eto, roedd gobaith y deuai'r glaw.

Mrs Jenkins oedd yr unig enaid yn stad Pen y Cae a arhosai i ddal bws i ganol Aberdorlan y bore hwnnw ac ar unrhyw fore Sul arall o ran hynny. Doedd dim dewis ganddi, byddai'n rhaid iddi ddal y bws cyntaf, oherwydd am ryw reswm roedd bws rhif 11 yn anarferol o araf ar ddydd Sul. Fe allai Mrs Jenkins yrru i'r dref wrth gwrs. Dyna a wnâi wrth gyflawni ei dyletswyddau eraill, ond ar ddydd Sul, roedd yn rhaid iddi ddal bws rhif 11.

Er gwaethaf y llwybr ling-di-long i gyrraedd pen y daith, roedd amserlen y bws yn gweddu'n berffaith i fore Mrs Jenkins. Fe stopiai yn union gyferbyn â mynedfa Capel Ebeneser chwarter awr ar ôl i'r gwasanaeth fore Sul gychwyn, lle byddai'r wynebau cyfarwydd eisoes wedi llenwi eu seddi. Casi Langford, druan, yn ceisio cael trefn ar y gefeilliaid a hwythau bellach yn gallu cerdded; Rita Thomas a'i ffrind gorau yn sibrwd yn y cefn; Mr Middleton yn twt-twtian yn uchel heb droi i'w hwynebu a'r ddwy yn piffian chwerthin yn eu llewys wrth ei glywed. Chwarter awr ar ôl i'r drysau gau a phawb wedi tewi. Chwarter awr hanfodol ar ôl yr emyn cyntaf.

Erbyn hynny, gallai Mrs Jenkins ddringo i ben uchaf y galeri, agor ei Thestament Newydd a gwrando. Gallai osgoi sgwrsio'n anghyfforddus ag unrhyw un y byddai hi'n digwydd ei weld ar ei ffordd i mewn. Petai hi'n loetran, byddai rhywun yn awyddus i ddweud gair gan fod pawb yn adnabod Mrs Jenkins. Neu efallai y byddai'n fwy cywir dweud bod pawb yn gwybod amdani – Mrs Jenkins, rhif 43 Pen y Cae. Ac mae gwahaniaeth rhwng gwybod ac adnabod.

Wrth i'r gynulleidfa estyn am eu bagiau neu chwilota yn eu pocedi ar gyfer y casgliad wythnosol, cychwynnodd Mr Davies ei gyfeiliant i'r emyn nesaf ac eisteddai Mrs Jenkins yn rhes gefn y galeri yn gwrando. Roedd angen organ newydd ar y capel, neu o leiaf roedd angen diweddaru'r mecanwaith ar frys. Byddai'r offeryn yn gwichian bob tro y mentrai bysedd yr organydd yn uwch nag E fflat, felly rhaid oedd dewis yr emynau yn ofalus gan osgoi'r nodau uwch am y tro. Ond er i Mr Davies ddewis yn ddoeth y bore hwnnw, daliai Mrs Jenkins i anesmwytho wrth i'r gynulleidfa nadu trwy benillion 'Rho im yr hedd'. Gwthiodd gudyn o'i gwallt llwyd y tu ôl i'w chlust gan ddatgelu clustdlws arian hir a siglai wrth iddi symud yn ei sedd, sglein y trysor coeth yn anghydnaws â'r het aeaf blaen a orchuddiai ei gwallt. Gafaelodd am ennyd yn y clwstwr o ddiemwntau oer dros yr addurn cyn tycio'r llabed yn ôl i'w briod le unwaith eto.

Wrth i'r Parchedig Richard Tomos gamu i'r pulpud, edrychodd Mrs Jenkins dros ffrâm ei sbectol ddarllen ar waelod ei thrwyn. Roedd y capel yn brysurach nag arfer y bore hwnnw gan fod yr Ysgol Sul wedi trefnu ffair ar ddiwedd y gwasanaeth yn y festri i godi arian at gost adnewyddu'r ffenestri, er bod sawl un o'r aelodaeth yn teimlo mai prynu organ newydd ddylai'r flaenoriaeth fod.

Edrychodd Mrs Jenkins ar ei horiawr. Ugain munud i un ar ddeg. Roedd hi'n bryd iddi adael. Cyn i'r emyn olaf gychwyn. Plygodd ei sbectol yn dyner â'u gosod ym mhoced ei chot wlân ynghyd â'r cylchlythyr crychlyd. Sylwodd ambell berson arall yn y galeri ar ei symudiadau, a phan gododd Mrs Jenkins ar ei thraed, oedodd y gweinidog. Bellach, gallai atal ei hun rhag edrych i fyny i'r galeri, i rythu ar bwy bynnag oedd yn tarfu'n anghwrtais ar ei neges, oherwydd fe wyddai ef a phawb arall eiddo pwy oedd y sodlau bach taclus yn clecian eu ffordd i lawr y grisiau troellog. Dyma'r arwydd cynnil wythnosol ei fod unwaith eto wedi paratoi pregeth ychydig yn rhy hir. Dechreuodd y gweinidog besychu'n lletchwith gan geisio dod i gasgliad mwy cryno, a symudodd pawb yn anesmwyth yn eu seddi tan iddi gyrraedd y gris olaf un.

Gwasanaeth bore Sul Capel Ebeneser oedd un o'r ychydig lefydd y gallai unrhyw un fod yn sicr o weld Mrs Jenkins. Ni fyddai'n mentro'n bell o'i chartref yn aml, ond roedd ei hymrwymiadau prin yn dilyn patrwm metronomaidd – y cigydd, y Swyddfa Bost a'r barbwr yn Heol Uchaf. Ers sawl blwyddyn nawr byddai hi'n mynd at y barbwr yn hytrach nag at un o'r salons yn y dref. Ddim am ei fod yn rhatach, er ei fod e dipyn go lew yn rhatach! Ond am fod llai o ffys gyda'r barbwr. Llai o sgwrsio anghyfforddus dros gacoffoni ffrwd y dŵr a sŵn y sychwr gwallt. Ac fe gâi'r un gofal a sylw gan Lloyd. Byddai hyd yn oed yn cynnig cwpaned o de iddi. Lla'th, dau siwgr a dim cwestiynau.

Ond heblaw am yr ymrwymiadau wythnosol hyn, anaml iawn y byddai Mrs Jenkins yn gadael clydwch ei haelwyd. Gartref roedd hi hapusaf, yn ei thŷ cyfforddus. A hynny ar ei phen ei hun. Byddai hi'n ateb y drws i dderbyn parseli neu'r post, ond anaml iawn y byddai unrhyw un arall yn cnocio ar ddrws 43. Doedd dim cyfeillion yn galw am gwpaned o de. Dim perthnasau ar draws y cenedlaethau yn dod i'w diddanu a'i diflasu â'u hanesion. Dim ond hyhi a'i distawrwydd oedd yn nhŷ rhif 43.

Pan gamodd Mrs Jenkins mas o'r capel a chau'r drysau trwm i gyfeiliant yr emyn olaf, roedd bws rhif 11 eisoes yn gadael yr arhosfan ar ben yr heol, ond doedd hi ddim ar frys i'w ddal. Byddai'n cerdded yn hamddenol i ben arall y dref cyn dringo i'r bws nesaf i'w chludo i'w phentref. Nid dyma'r ffordd gyflymaf iddi gerdded, na chwaith y ffordd hawsaf. Wynebai sawl llethr eithaf serth y gallai eu hosgoi yn ddigon rhwydd, a byddai croesi'r bont ger Tafarn y Nant yn arbed o leiaf deng munud iddi. Ond dyma'r ffordd roedd rhaid ei dilyn gartref o'r capel – y ffordd y byddai ei gŵr a hi'n ei dilyn bob dydd Sul.

Fe âi heibio i'r lle pitsa a'r siop feiciau, ar gau ar fore Sul, ac ar hyd Stryd y Gogledd at y Co-op bach i gasglu llaeth a KitKat llechwraidd ar gyfer y daith. Ond heddiw, fe stopiodd wrth y blwch post gyferbyn pan sylwodd ar ddyn wrth fynedfa'r archfarchnad yn agor cas lledr a'i osod ar lawr. Cerddor. Gitarydd. Un dawnus iawn hefyd. Ac er bod gafael y gaeaf yn dynn ar yr awyr oer, symudai ei fysedd ystwyth dros y llinynnau mor gywrain, â'i nodau persain yn gwasgaru i bob cornel o'r stryd fawr, dawel.

Gwingodd Mrs Jenkins. Teimlai'r gân yn brathu ei chlustiau fel yr oerni a'i hamgylchynai. Byddai'n rhaid iddi hepgor y rhan hon o'i thaith heddiw.

Roedd rhai o gerrig milltir ei llwybr wedi newid droeon dros y blynyddoedd. Diflannodd y siop lyfrau ail law a daeth siop trin gwallt cŵn yn ei lle. Roedd rhaid dymchwel neuadd yr Eglwys Bresbyteraidd, lle yr âi hi a Mr Jenkins am wersi ffocstrot ar un adeg, a chrëwyd maes parcio estynedig i'r feithrinfa drws nesaf. Hefyd, roedd enw Caffi Strinati ar gornel Heol Isaf wedi newid gyda dyfodiad pob perchennog newydd. Cuppa Caffi oedd y fersiwn ddiweddaraf, ond caffi Roberto Strinati fyddai ef am byth bythoedd i Mrs Jenkins. Hen gyfaill coll. *Un amico mancato.*

Ond er mai tref wahanol a welai hi wrth droedio trwy ei strydoedd, yr un oedd ei hanian, ac roedd rhai o'i nodweddion gwreiddiol yn ei chyfarch o hyd. Sylwodd ar y goeden fagnolia a dyfai yng ngardd yr ysgol gynradd, ei blagur wedi cael cysgod rhag y rhew ers ychydig wythnosau. Yr un nant a lifai o dan yr hen bont garreg, a'r un croeso cynhyrfus a gâi gan yr hwyaid pan fyddai'n rhaid iddi oedi ar fainc ger y llyn i roi hoe i'w choesau blinedig. Roedd hyd yn oed ei sodlau bach taclus yn dechrau gwasgu erbyn hyn, ac roedd y boen yn brathu ei phigyrnau'n waeth yn oerni ola'r gaeaf. Teimlai ryddhad arbennig pan gyrhaeddodd y bws yr arhosfan a dringodd i'r sedd agosaf at y drws, yn enwedig wrth i'r cymylau trwchus fygwth yr awyr las. Roedd hi bron â chyrraedd gartref, diolch byth.

♪

Roedd stad Pen y Cae yn wahanol iawn i'r datblygiadau tai newydd ym mhen arall pentref Brynheulyn, lle roedd clystyrau o dai, yn agos at ei gilydd ac yn union yr un fath. Yma, roedd cymysgedd o dai, rhai syml, dwy stafell wely, fel lluniau plant ifanc o'u cartrefi, a thai eraill llawer mwy o faint gyda rhodfeydd llydan a garej ddwbl i'r rhan fwyaf ohonynt.

Yn un o'r corneli yng nghefn y stad roedd tŷ Mrs Jenkins ac roedd y cartref hwn dipyn yn fwy crand na'r ddau dŷ ar y naill ochr iddo. Roedd y tŷ wedi'i osod dipyn ymhellach yn ôl o'r heol na'r lleill, a gardd fach hyfryd a arweiniai at y drws ffrynt, yn hytrach na tharmac. Oherwydd ei leoliad, roedd naws llawer mwy preifat i'r adeilad. Glynai gwinwydden Virginia wrth wal flaen y tŷ a'i thendriliau tywyll wedi dringo i'w ben uchaf ers sawl blwyddyn bellach. Cyn hir, byddai'r adeilad yn fwy o blanhigyn nag o dŷ.

Byddai unrhyw asiant tai wrth ei fodd yn gwerthu'r perl hwn. Ond nid oedd hynny'n debygol iawn chwaith, er bod y tŷ yn amlwg yn rhy fawr i Mrs Jenkins ar ei phen ei hun. Byddai'r lle'n peri her dda hefyd i'r asiant gan y byddai angen cryn dipyn o waith 'moderneiddio' gan y perchnogion newydd.

Ond lle braf i fyw ynddo oedd stad Pen y Cae – lle tawel, preifat. Ac fel Mrs Jenkins, roedd trigolion eraill y stryd gefn yn cadw atyn nhw eu hunain hefyd. Nid peth anghyffredin oedd y gwacter a'i hamgylchynai wrth iddi droedio'r camau blinedig olaf i'w drws ffrynt. Ond, wrth i'r glaw gyrraedd, roedd y gwynt wedi troi'n finiog a rholiodd clawr metel bin ailgylchu rhif 41 heibio iddi ar garlam, pob clonc yn dirgrynu fel uchafbwynt band taro. Yn y dinistr roedd gwledd i'r gwylanod a oedd wedi crwydro'n bellach i mewn i'r wlad yn yr oerni, a'u chwarddiadau sgrechlyd yn rhwygo'r tawelwch, yn ogystal â'r bagiau sbwriel.

Wedi diosg ei chot a'i menig gwlyb ar ei ffordd i mewn, aeth Mrs Jenkins yn syth i'r gegin. Wrth i'r tecil ferwi, agorodd y drws cefn i gasglu powlen flodeuog wag roedd cath fach ddu rhif 46 eisoes wedi'i llyfu'n lân. Doedd Mrs Jenkins ddim yn hoffi gwastraff – pechod bywyd modern, fel yr arferai ei gŵr ei ddweud. Felly, roedd hi wedi dechrau gadael gweddillion ei chinio i Tinsel ar ôl iddi sylwi ar y gath yn busnesu'n llwglyd wrth y drws.

Eisteddodd wrth y bwrdd gan roi ochenaid fach. Trwy ffenest y gegin gallai weld y diferion glaw trymion yn trochi planhigion glaswyrdd yr ardd, ac fe'u clywai'n tincian ar lechi'r aelwyd wrth atseinio trwy'r simne, fel y gwnâi clychau'r eglwys yn y pellter. Roedd y glaw yn donig iddi. Cyfle i eistedd wrth y bwrdd, cwpanaid o de yn ei llaw, yn gwylio ffresgo yr ardd gefn yn cael ei adfywio â chot o baent glawog.

Gwrandawai ar guriad y dŵr ar y llwybr o gerrig sarn a chyseinedd y glaw yn taro toeau'r cartrefi cyfagos, yn ogystal â'i chartref hithau. Y clapio cyson yn cryfhau gyda grym y tywydd, fel cymeradwyaeth cynulleidfa yn mwynhau holl ysblander natur. Roedd gwlith gwerthfawrogiad yn drwm ar y gwair.

Yfodd ei the yn swnllyd gan nad oedd unrhyw un yno i'w chlywed. Roedd y te'n blasu'n well rywsut wrth iddi wneud sŵn. Roedd hi'n hanner ystyried estyn am fisged o'r tun smotiog yn lle'r KitKat bach roedd yn rhaid ei aberthu, pan darfwyd ar ei llonyddwch gan ffrwtian injan y tu fas i'w drws ffrynt.

Cododd o'r bwrdd i weld beth allai wneud y fath stŵr ar fore Sul mor wlyb. Doedd hi ddim wedi sylwi ar falwnau ar ddrws rhif 46, ac roedd hi'n cofio gweld teulu rhif 49 yn llenwi'r mini fan â chesys cyn gadael yn gynnar bore ddoe.

Na, y diwrnod hwnnw, trwy'r llen o law a orchuddiai ei ffenest flaen, gallai Mrs Jenkins weld bod rhywbeth arall yn chwalu tawelwch ei chornel fach ym mhen pella'r stryd.

Rallentando

Arafu

'Sdim lot o bŵer ar ôl... Helô? Oes rhywun yna?'
Gwasgodd ei law yn dynnach o gwmpas y teclyn a gwthio'r botwm eto.

Dim ond fymryn yn uwch na sibrwd roedd ei lais i gychwyn, ond fe'i cododd yn uwch wrth iddo erfyn am ateb.

'Rhag ofn bo chi'n gallu 'nghlywed i, fi 'di cyrraedd ceg y twnnel. Mae'n dywyll iawn a dim ond tortsh fach sy 'da fi.'

Daliodd y tortsh i fyny a'i hysgwyd i orfodi'r goleuni ohoni. Roedd y twnnel o'i flaen yn gul a'r to pridd seimllyd yn isel. Gallai weld wyneb y garreg yn y pen pellaf, ond roedd e'n gwybod nad dyna oedd pen draw'r twnnel. Roedd y llawr yn gwyro i lawr i gyfeiriad crombil y ddaear a'r tywyllwch yn dwysáu wrth i'r llwybr ddiflannu o'r golwg yn y pellter. Teimlai'r awyr yn oer ac yn llaith a gallai glywed drip, drip, drip diferion dŵr yn adleisio o do'r ogof lle'r oedd e'n cyrcydu.

'Sai'n gwbod be sy o 'mlaen i yn y pen arall, ond fi'n gorfod mentro.'

Oedodd eto a gwasgu'r botwm yn fwy ffyrnig y tro hwn. Roedd angen iddo gael ateb.

'Helô? Helô?!'

'Elis!'

Daeth llais ei fam o dop y grisiau i dorri ar ei draws. Rhoddodd y teclyn i lawr i'w hateb.

'Ie, Mam?' gwaeddodd.

''Nei di symud y bocsys 'na mas o'r coridor cyn swper, plis? Sai'n galler cyrraedd y gegin ac mae'n bump o'r gloch yn barod.'

'Ocê, Mam. Jyst deg muned arall, plis?'

'Ti dal moyn pasta?'

'Yr un 'da'r caws? Odw.'

'Wel, ma pum muned 'da ti, 'te. Fydd rhaid i fi neud saws ffres achos sdim byd arall yn y rhewgell 'ma, cofia.'

Roedd Elis braidd yn hen i fod yn chwarae gemau fel hyn mewn gwirionedd. Er nad oedd ei fam yn dweud gair am hynny. Yn ddigon bach i gael cwtsh gyda Mam cyn mynd mewn i'r ysgol yn y bore, ond yn ddigon mawr i ofyn am y cwtsh yn y car, yn hytrach nag wrth y fynedfa. Deg oed. Digidau dwbl. Roedd e'n ddeg oed a hanner a bod yn union gywir. Ac roedd yr hanner yn reit bwysig, yn enwedig gyda phen-blwydd ym mis Awst. Babi'r flwyddyn oedd e yn ei ddosbarth, heblaw am Siwan Medi a oedd dros bythefnos yn iau. Ond roedd hi'n dalach nag Elis, felly doedd neb yn cofio mai hi oedd yr ieuengaf.

Byddai'r bechgyn yn yr ysgol yn siŵr o wneud sbort am ei ben tasen nhw'n gwybod ei fod yn dal i chwarae'r gemau hyn, yn enwedig gan y bydden nhw i gyd yn symud i'r ysgol gyfun mewn blwyddyn. Doedd Elis ddim yn edrych ymlaen at hynny. Roedd e'n hoffi ei ysgol fach, lle roedd e'n nabod pawb ac yn gwybod ei ffordd o gwmpas. Chwarae Nintendo

Switch neu adeiladu robotiaid y byddai plant ei ddosbarth yn ei wneud. Roedd pêl-droed yn dal yn boblogaidd, wrth gwrs, a Lego. Ond doedd dim golwg o'r blociau na'r bêl i'w gweld ar hyn o bryd yn y tŷ newydd. Roedd dadbacio'n broses hir, yn enwedig heb unrhyw un i'w helpu. Roedden nhw yno yn rhywle.

'Dwi heb gyrraedd y stafell 'na 'to, cariad. 'Mynedd plis. Mae hyn yn mynd i gymryd amser. Dim ond fi sydd, cofia!'

Y broblem oedd bod bocsys llawn ym mhob stafell o hyd, felly doedd dim syniad ganddo pryd byddai ei fam yn cyrraedd y Lego. Roedd e wedi ceisio agor y bocsys ei hunan sawl gwaith, ond mae'n debyg bod hynny'n syniad gwael hefyd.

'Dwi'n gwbod dy fod ti moyn helpu. Ti'n fachgen mor garedig, wir. Ond mae system 'da fi.'

Doedd dim cymaint â hynny o bethau ganddyn nhw ac roedd llawer o bethau pwysig ar goll: dim meicrodon na biniau, ac roedd y diffyg tecil wedi arwain at daith gynnar iawn y bore hwnnw i Tesco i blesio'i fam! Ond roedd y tŷ hwn yn llai na'u hen gartref ac roedd y bocsys a'r cesys rywsut yn llenwi pob stafell a gofod gwag. Dechreuodd ei fam ddadbacio yn y gegin a dim ond un bocs oedd ar ôl yno heb ei agor. Yr un â chwpanau bregus ei fam-gu. Felly dyna lle'r oedd y ddau ohonyn nhw wedi treulio'r dyddiau diwethaf, yn byw ar bitsa a Rice Krispies ac yn gwylio ffilmiau *Star Wars* ar y gliniadur.

♪

Pan ddaeth Christina i lawr y grisiau'n ddiweddarach ar ei ffordd i'r gegin, gwelodd fod Elis eisoes wedi cario'r bocsys i'r lolfa a gwthio'r soffa'n nes at y wal i greu cylch o dwnnel o gwmpas y bocsys llawn. Chwarae teg iddo. Roedd hi'n ddiolchgar iddo am geisio ei helpu, am geisio bod yn bartner iddi trwy'r broses boenus hon. Ond plentyn oedd Elis o hyd ac roedd hi am i hynny barhau am dipyn eto.

Ymddangosai fel petai'r gêm wedi symud i dyrchfa corachod mewn coedwig a gallai glywed dwy ochr y ddadl am beth i'w wneud â'r hudlath roedd un corrach wedi'i ffeindio. Am ddychymyg! Roedd meddwl creadigol iawn gan Elis erioed, ond bu'n rhaid iddo wneud defnydd amlach ohono'n ddiweddar. Roedd e'n ymdopi'n rhyfeddol o dda o ystyried popeth.

Roedd Elis wedi gwneud ei bywyd hi'n haws o lawer dros y dyddiau diwethaf. A dweud y gwir, doedd e ddim yn un i ddadlau fel arfer, er bod hynny'n ei phoeni hi hefyd. Onid oedd plant i fod ateb 'nôl bob hyn a hyn? Doedd hi na'i dad erioed wedi cael fawr o drafferth gydag e, heblaw wrth gwrs am y cyfnod niwlog di-gwsg hwnnw dros flynyddoedd cyntaf ei fywyd, ond fe wnaeth hi faddau iddo am hynny'n gyflym iawn. Na, roedd Elis yn dda iawn am wrando, ildio a dilyn cyfarwyddyd yn dawel a diffwdan. Roedd Christina yn amau pam, yn synhwyro pam, ond fe geisiai anwybyddu hynny gymaint ag y gallai.

Mewn ffordd, roedd hi'n rhyddhad iddi ei fod mor dda am greu ei hwyl ei hun. Roedd cyfle ganddi wedyn i ganolbwyntio ar y tasgau anferthol niferus a wynebai wrth geisio paratoi'r tŷ newydd. Ddim ei bod hi'n mwynhau'r gwaith sortio a glanhau, ond gallai deimlo'n hyderus na fyddai'n diflasu gormod wrth geisio rhoi wardrob at ei gilydd yn ystod y prynhawn. Roedd defnyddio ffeil ewinedd yn lle'r sgriwdreifer, a oedd wedi mynd ar goll, yn debygol o arafu'r broses! Ac eto, roedd rhan ohoni'n siomedig nad oedd lle iddi yng ngemau Elis. Ar un adeg byddai'r ddau ohonynt wedi treulio oriau yn adeiladu dinasoedd cyfan o flociau pren, yn creu cysgodion yng ngoleuni ei dortsh, neu'n chwilio am drysor yn anialwch y lolfa. Erbyn hyn, doedd dim angen ei dychymyg hi arno i ddyfeisio antur neu fyd newydd.

'Bwyd yn barod,' meddai Christina yn eithaf ffwrdd-â-hi. Doedd dim rhaid iddi weiddi'r geiriau, oherwydd rhywsut, byddai Elis yn synhwyro'r alwad ym mha bynnag ystafell neu fyd y byddai'n chwarae ynddo ac yn rhuthro'n syth i'r gegin.

Eisteddodd Elis wrth y bwrdd tra bu ei fam yn gweini'r pryd o basta hufennog i ddwy fowlen ac agorodd ef y gliniadur i ailgydio yn eu ffilm amser swper. Sylwodd fod offer coginio dros bob arwynebedd, gan gynnwys y bwrdd ei hun. Potiau, padelli, cyllyll, llwyau, fel petai hi wedi paratoi pum cwrs mewn bwyty drud yn hytrach na phasta, saws caws a phys. Yn hyn o beth, roedd ei dad yn iawn. Roedd ei fam bob amser yn gwneud llanast ofnadwy wrth goginio. *Doedd dim disgyblaeth ganddi.*

Roedd ei fam wedi clymu ei gwallt hir, tywyll islaw corun ei phen gan greu nyth anniben. Byddai hi'n gwneud hyn pan fyddai hi'n brysur, ac fe adawai'r clymau elastig olion tonnog yn ei gwallt syth. Byddai Elis a'i dad yn dod o hyd i'w chlymau lliwgar dros bob man – o dan y soffa, ar sedd y car, mewn llyfrau ac yn yr oergell hyd yn oed – ac eto ni allai hi byth ddod o hyd iddyn nhw pan fyddai eu hangen arni. Heno, edrychai ei gwedd yn fwy gwelw yng ngoleuni cras y gegin, a'i llygaid gleision yn llwytach nag arfer, ond roedd gwres ei phrysurdeb wedi lliwio ei gruddiau yn binc.

"Nôl i'r ysgol fory, 'te. Ti'n edrych 'mla'n?' gofynnodd Christina wrth geisio maglu'r pasta llithrig â'i fforc i'w droelli'n fwndel i'w cheg. Byddai hi'n parhau i frwydro am ryw bum munud cyn ildio a'i dorri â chyllell fel y gwnâi Elis.

Roedd symud tŷ wedi rhoi esgus da i Elis fwynhau'r penwythnos hir gartref. Roedd yr ysgol yn ddigon bodlon iddo wneud hynny o ystyried yr amgylchiadau. Cafodd ddeuddydd ychwanegol o chwarae a chreu, a chyfle i osgoi cwestiynau.

'Ydw.' Dyna'r ateb roedd ei fam yn disgwyl ei glywed i'w chwestiwn. Llwythodd bentwr bach o bys i'w geg.

'Bydd hi'n neis gweld dy ffrindie 'to, a…'

Fe'i stopiodd ei hun wrth sylweddoli na fyddai Elis o reidrwydd yn awyddus i sôn am eu tŷ newydd.

'A chael cwmni i chwarae pêl-droed. Dwi'n anobeithiol yn y gôl! Ti wastad yn gweud 'ny.'

Cymerodd Elis fforchaid arall o'r pasta a throi ei sylw at y sgrin. Teimlai ei fola'n wag iawn.

Gorffennodd Elis ei basta ymhell cyn ei fam. Byddai hi'n bwyta unrhyw bryd o fwyd yn boenus o araf erioed. Ers pan oedd e'n fabi, daeth i'r arfer o'i gweld yn gwneud popeth wrth fwrdd y gegin, heblaw am ei bwydo'i hun. Gafaelai yn ei fforc mewn un llaw a'i ffôn yn y llall gan bori am lenni addas i ffenest ei hystafell wely. Roedd hi'n hyfryd byw yn nes at fyd natur, gan fod golygfa hardd o gaeau gwair wedi'u fframio â choed trwy'r ffenest gefn, ond byddai dihuno gyda'r wawr yn dyfod yn llai deniadol tan i'r gaeaf ymostwng i oleuni'r gwanwyn.

Fflachiodd rhywbeth yng nghornel sgrin y cyfrifiadur.

'Mam, mae'r laptop yn marw.'

'Hmm?' Mwmiodd a hithau wedi ymgolli yn ei ffôn.

'Mam. Y batri…' Pwyntiodd at y sgrin. 'Ble mae'r cebl?'

'O, sori, cariad. Sdim lle i'r plwg draw fan hyn. Ond, gelli di ei tsharjo fe ar bwys y tecil am y tro.'

'Beth am y teledu?'

'Dwi ddim wedi penderfynu sut i'w gysylltu fe'n iawn 'to. Plygia'r laptop i mewn a bydd e'n gweithio 'to mewn hanner awr.'

Edrychodd y ddau ar ei gilydd braidd yn chwithig gan sylweddoli'r un peth: byddai Dad yn gwybod beth i'w wneud.

'Mae'n ocê. Ni'n galler gorffen e fory,' meddai yn weddol onest, cyn diflannu i'r lolfa i gael ei ddiddanu gan ei ddychymyg.

Wrth i Elis wneud yn fawr o'i greadigaeth gardbord, dechreuodd ei fam daclo'r llestri. Brwydrodd â'r peiriant golchi llestri am chwarter awr heb unrhyw lwyddiant. Gwasgodd y botymau ym mhob trefn bosib cyn rhoi'r gorau i'r syniad a llenwi'r sinc.

Safai o flaen y ffenest fach a phlymio'i dwylo i'r swigod. Gwrandawodd am ennyd ar Elis yn cychwyn antur newydd yn y lolfa.

'Ma'n nhw ar fin cyrraedd, syr. Ma'r tîm wedi trio blocio'r ffordd mewn, ond ma'r gelyn yn bwerus iawn…'

Anadlodd. O leiaf roedd e'n mwynhau ei hun. Wrth

anwesu powlen â'r sbwng meddal gallai deimlo gwres y dŵr sebonllyd yn ffurfio crychau dan ei hewinedd. Tybed pryd y trodd y dasg hon yn faich? Cofiai fel y byddai'n gwirfoddoli i'w gwneud pan oedd hi'n fach, yn gwirioni wrth geisio helpu ei mam. Roedd angen stepen arni i gyrraedd y sinc bryd hynny wrth gwrs, felly fe safai ar ben hen grât llaeth a gadwai ei thad yn y garej. Byddai'n golchi'r llestri ynghyd â hanner ei breichiau byr yn y dŵr twym cyn eu pasio i'w mam i'w sychu â lliain, y ddwy yn sgwrsio neu'n canu rhyw gân ag iddi odl syml i gadw rhythm eu gwaith yn sionc. Atgof persain, hyfryd.

Wedi iddi osod y badell olaf ar y rac, estynnodd am dywel i sychu ei dwylo a rhwygodd y croen tenau rhwng ei deu-fys. Dyna'r drwg wrth ailagor hen anaf. Yn aml maen nhw'n anos eu cau. Gwthiodd gornel ei dwrn i'w cheg yn reddfol a blasu surni'r gwaed yn gymysg â phersawr y sebon ar ei thafod. Wnaeth hi ddim gweiddi er gwaethaf y teimlad miniog a losgai dros ei llaw. Fel mam, roedd hi wedi dysgu dofi ei hymatebion.

Daeth Elis i'r gegin yn annisgwyl i chwilio am rywbeth melys i'w fwyta. Roedd ei antur ar ben ond fe hoffai ohirio amser gwely am ychydig eto petai modd. Pan glywodd hi ef yn crwydro ar hyd y coridor, llithrodd Christina ei llaw o gwmpas ei cheg fel bod blaen un bys yn crogi rhwng ei dannedd. Roedd Elis wedi hen arfer â dweud y drefn wrth ei fam am gnoi ei hewinedd. Doedd dim angen cuddio hynny. Yn eironig wrth gwrs, hi fyddai'n edliw yr un arferiad drwg pan oedd yntau'n fach.

'Ych a fi! Fydd dim bysedd ar ôl 'da ti os wyt ti'n cario 'mla'n fel'na.'

Ond doedd dim cweryl rhyngddynt heno. Sylwodd Elis ddim, ac roedd y ddau wedi blino gormod i ddadlau beth bynnag.

♪

Roedd Christina wedi gwneud pob ymdrech i gadw rhyw fath o rwtîn i ddiwrnod Elis er gwaethaf yr holl newidiadau. Roedd hi am greu cymaint o sicrwydd a chysondeb â phosib iddo, er bod ei fyd a'i holl bethau ben i waered am y tro.

Wyth o'r gloch fyddai amser gwely. Hanner awr wedi wyth dros y penwythnos, neu ar ei ben-blwydd neu ar Noswyl Nadolig, neu os oedd coginio swper wedi cymryd yn hirach na'r disgwyl. Roedd sawl eithriad a dweud y gwir. Ond fel arall, roedd y patrwm yn hollol gyson. Brwsio dannedd, gwisgo pyjamas, cwtsh gyda'i gilydd yn y gadair i ddarllen stori a chusan i ddweud nos da. Felly yn union fyddai'r drefn yma yn eu tŷ newydd, ei thŷ newydd hithau ac Elis. Tŷ, nid cartref, am y tro.

Fel arfer, ar ôl gadael Elis i wneud ei orau i esgus cysgu, byddai ei fam yn mynd i lawr y grisiau'n dawel i wylio ffilm gyda'i dad neu, yn amlach na pheidio, i ddarllen ar ei phen ei hun pan na fyddai Liam gartref. Wedyn, ymhen rhyw awr byddai hi'n sleifio i fyny'r grisiau, yn agor drws ei ystafell yn araf, araf iawn ac yn troedio'n ofalus dros y carped tuag at ei wely. Un cyfle olaf i'w weld cyn i'w diwrnod ddod i ben. I wneud yn siŵr ei fod yn ddiogel ac yn cysgu. Cyfle olaf i roi llaw dros ei gyrls, tynnu'r cwilt dros ei freichiau a gosod cusan ysgafn arall ar ei dalcen. Blinder wedi trechu ei ddychymyg byw o'r diwedd.

Amser aur oedd amser gwely. Rhythm cyson, rhagweladwy. Ac er bod dros hanner y stafelloedd yn dal yn annibendod llwyr, roedd hi'n benderfynol o greu gofod cyfarwydd i Elis gysgu ynddo. Felly, roedd hi wedi treulio diwrnod cyfan yn glanhau, dadbacio, twtio, trefnu ac ail dwtio ei stafell wely. Roedd hon yn llai na'r hen un, a'i siâp yn wahanol. Roedd y to ar ogwydd ar yr ochr dde, ond dyna'r unig ofod digon hir i ffitio'r gwely ynddo. Byddai Elis yn sicr o daro'i ben, nawr ac yn y man, ond mae'n siŵr y deuai i arfer â'r lle cyn bo hir. Ac er bod sgerbwd y stafell yn wahanol, yr un oedd ei chalon.

Roedd hi wedi pacio'r cynfasau ac arnynt batrwm y planedau a gafodd fel anrheg pen-blwydd ganddi ac fe gofiodd am y gobennydd penodol roedd e'n ei hoffi. Yr un tenau, heb lympiau, ag aroglau ei hen gartref yn ddwfn yn y defnydd. Anelai'r telesgop at y ffenest fel y gallai Elis archwilio'r awyr gyda'r hwyr a safai ei lamp lliw nefi ar fwrdd isel wrth ymyl y gwely yn tasgu sêr dros y nenfwd. Teimlai'n weddol falch o'r canlyniad ac ohoni hi ei hunan am unwaith.

Pan ddringodd Elis y grisiau i weld yr ystafell y noson honno, roedd e'n adnabod yr elfennau cyfarwydd. Y lamp, ei lyfrau, y dillad gwely. Ond eto, nid ei stafell e oedd hon.

'Wel, be ti'n meddwl?' gofynnodd ei fam yn ddisgwylgar, gan ddal y drws mor agored â phosib i wneud i'r gofod deimlo'n fwy.

'O, wel, ma'n…'

Teimlai'n siomedig, ond gwelodd y gobaith yn llygaid ei fam.

'Ma'n grêt, Mam. Diolch.' Gwnaeth ei orau glas i swnio'n ddiffuant.

Wrth iddo dynnu ei byjamas Batman dros ei ben, aeth hi i sythu'r ffrâm ar y wal a bendiliai fymryn yn wyrgam. Un o'r lluniau prin hynny o'r tri ohonyn nhw, ar draeth y Mwmbwls, yn gwenu. Un diwrnod braf cyn i bopeth newid.

Dringodd Elis i'w wely yn ansicr, gan rythu ar y nenfwd.

'Nos da, cariad,' meddai ei fam gan blygu i gusanu ei dalcen. Caeodd ei llygaid a hofran yno am ennyd, ei llaw yn esmwytho'r cwilt dros ei freichiau.

'Mami?'

'Ie?'

Oedodd Elis.

'Ti'n galler aros am bach, plis?'

'Ti moyn i fi eiste yn y gader, wyt ti?'

Dyna fyddai hi'n arfer ei wneud pan oedd Elis yn fach. Eistedd yng nghadair siglo ei mam-gu hithau, wrth ymyl ei wely, ac aros yno nes iddo gwympo i gysgu. Byddai'n mwmian hwiangerdd yn dawel am ychydig i foddi unrhyw synau anghyfarwydd. 'Suo gân'. Tynerwch ei llais yn gyfarwydd ac yn gysur.

'Odw. Plis.'

Swniai ei mab fel plentyn bach, bach unwaith eto. Gwasgodd y cwilt dwtsh yn dynnach rhwng ei fysedd gan wylio'r sêr yn dawnsio dros y nenfwd.

'Wrth gwrs, 'nghariad i.'

Pwysodd drosto i ddiffodd y lamp a bachu'r cyfle i ddodi cusan arall ar ei foch. Aeth i eistedd yn y gadair siglo yn y gornel wrth i Elis droi a throelli dan y cwilt gan wneud ei orau i ganfod ffordd gyfforddus o orwedd. Roedd y matras newydd yn rhyfedd.

Roedd y stryd tu fas yn ddistaw, heblaw am ambell gi yn cyfarth yn y pellter, yn cyfarch ei gilydd, fel cyfeillion oes yn y nos. Heb hyd yn oed sylweddoli ei bod hi'n gwneud, dechreuodd Christina fwmian ei hwiangerdd yn dawel a theimlo cryndod ei gwefusau'n ei chosi'n ysgafn. Doedd dim lleuad heno a dim ond stribed o olau gwan o'r polyn lamp yn dod rhwng y llenni. Tywynnai golau nos bach oren ar bwys y drws, rhag ofn i Elis ddihuno ac anghofio'n llwyr ble'r oedd e. A ble'r oedd hi. Roedd e'n fachgen mawr erbyn hyn wrth gwrs, felly doedd mo'i angen mewn gwirionedd. Ond does dim drwg mewn goleuni, a pheth rhyfedd ydy cysgu mewn lle newydd. Rhaid dysgu ymddiried yn siapau'r cysgodion.

Wrth i lygaid Christina addasu i'r tywyllwch, gallai weld siâp corff ei mab yn gorwedd yn fwy llonydd yn y gwely. Teimlai'r rhyddhad fel coflaid amdani, y tensiwn ar drai a'i chorff yn ymlacio. Ac wrth i'w hanadl asio â thempo araf anadl Elis fe gwympodd hithau hefyd i gysgu yn y gadair.

Andante

Dan gerdded

Roedd Elis bob amser yn hapus i gyrraedd gartref, fel yr oedd pob plentyn, neu yn hytrach fel y dylai pob plentyn fod. Cysur cyfarwydd. Gallai ddianc i fydoedd eraill oddi mewn i'w loches. Gallai gael gwared ar ei nerfau a disgyblaeth y dydd ynghyd â'i got a'u hwpo yn y cwpwrdd dan staer tan y bore pan fyddai'n rhaid wynebu'r byd a'i bobl unwaith eto.

Ond, pan gyrhaeddodd gartref o'r ysgol drannoeth a dilyn ei fam i'r cyntedd newydd, dim ond ei got y gallai ei thynnu am y tro. Nid oedd y llawr *laminate* llyfn yn anwesu ei draed wrth iddo dynnu ei sgidiau, fel y gwnâi'r carped yn ei hen gartref, ac er bod y gaeaf yn dechrau cilio a heulwen y prynhawn yn cusanu'r ffenestri o hyd, fe deimlai'r lle hwn yn oer.

Anelodd yn syth am y lolfa gan obeithio gweld rhai o'i hoff bethau'n aros amdano, ond fe'i siomwyd wrth weld bod mwy fyth o focsys yn llenwi'r ystafell.

'Sori, cariad. Mae heddi 'di bod mor brysur. Roedd rhai o'r bocsys lan y grisiau i fod lawr yn fan hyn. Ond, a bod yn deg, mae lot o stwff 'da ti!' Gwenodd arno'n gellweirus. 'Gad i fi orffen marcio a dwi'n addo bydda i'n clirio digon o le i ti chware ar ôl swper.'

Aeth ei fam yn ôl i'r car i gasglu bocs o bapurau a phenderfynodd Elis drio'i lwc drwy agor y bocs lleiaf ar ben y pentwr. Tynnodd y tâp selo yn ôl gan wneud sŵn rhwygo, a yrrai ias i lawr ei gefn. Dim ond hen deganau oedd ynddo, teganau nad oedd wedi'u gweld ers rhai blynyddoedd – ceir plastig lliwgar, trenau a'u traciau pren. Ond, wrth wthio injan dân swnllyd naill ochr, sylwodd ar roced streipiog roedd wedi anghofio amdani'n llwyr. Jyst y peth ar gyfer gêm y gofod mas yn yr ardd.

Siâp petryal syml oedd i'w gardd newydd ac un ar ogwydd fel bod y pen pellaf yn fwd i gyd lle byddai dŵr y glaw yn cronni. Roedd patio bach wrth gefn y tŷ a lawnt yn gorchuddio'r gweddill. Pydrai hen sied yn y gornel waelod a honno'n dda i ddim gan fod twll ar un ochr lle dylai fod ffenest ac roedd ei drws sigledig yn barod i blygu i rym y gwynt ar noson stormus. Safai ffens ddiflas ar bob ochr i'r glaswellt gan dynnu ffin amddiffynnol rhyngddynt a'r caeau yr ochr draw.

Nid gardd i blentyn mo hon. Roedd e'n gweld eisiau ei siglen a'r goeden afalau yn ei hen gartref a fyddai'n cynnig ei changhennau iddo i'w dringo. Ei dad a ddysgodd iddo sut i'w dringo pan oedd Elis yn fach. Gafaelai'n dynn yn nhraed Elis a rhoi hwb iddo i gyrraedd y gangen gyntaf, yna dilyn siâp y goeden oedd ei gyngor a pheidio â mentro'n rhy bell o'r canol. Rhaid ymddiried yng nghryfder natur. Chwarddodd yn wyllt pan geisiodd ei dad ei gwrso i fyny'r goeden, y ddau yn rasio ar lwybr i'r cymylau a'i fam yn eu gwylio'n nerfus o'r llawr. Teimlai fel brenin pan gyrhaeddodd y gangen olaf.

Pencampwr pob dim yn pendilio rhwng y brigau ar ben y byd. Ond wrth gwrs, ni wrandawodd ei dad ar ei gyngor ei hunan. Roedd yn rhy hoff o wneud sioe erioed. Estynnodd ei law i dynnu afal i'w gynnig fel rhodd ramantus i'w wraig, ond craciodd y gangen dan bwysau ei gorff a glaniodd yn lletchwith wrth ei thraed. Daliai'r afal yn ei ddwrn o hyd ac fe'i cynigiodd iddi yn ymddiheuriol, ond wyddai hi ddim a ddylai roi sylw i'w mwnci o fab ar ben coeden sigledig neu i'w ffŵl o ŵr â'i ben yn gwaedu!

Gardd wahanol iawn oedd hon. Nid oedd llawer ynddi i'w ysbrydoli, ond eto roedd Elis yn barod i fwynhau ynddi. Cydiodd yn ei roced ac ymdaflu'n frwd am hanner awr bodlon iawn o chwarae ar ei ben ei hun.

Rhoddodd y bin sbwriel ar ei ochr i'w ddefnyddio fel safle lansio yn gyntaf. Curodd ei ddwylo y tu fewn i'r bin gan greu atsain ddramatig wych. Yna gwasgodd y roced rhwng llinynnau'r lein ddillad a'i throelli'n wyllt i gyfleu ei thaith beryglus trwy'r Llwybr Llaethog. Ond wrth wibio'n gynt mewn ymgais i ddianc rhag llong ofod o begiau rhydlyd, daeth y roced fach yn rhydd o'r cwlwm llac, hedfan yn osgeiddig am ychydig eiliadau a glanio dros y ffin yn yr ardd drws nesaf.

Crwydrodd Elis yn araf bach ar hyd y ffens a redai rhwng eu gardd nhw a'r ardd drws nesaf gan geisio gweld ble roedd ei degan wedi glanio. Roedd y ffens yn dalach nag e, yn dalach na'i fam hyd yn oed, felly dim ond edrych trwy'r slatiau pren y gallai ei wneud. Ond roedd mieri trwchus yn llenwi mwyafrif y bylchau, gan wthio'u ffordd i'w gardd nhw, fel bysedd hir ag ewinedd gwyrdd heb eu trin ers tro.

Wrth nesáu at gornel gwaelod yr ardd, safodd Elis gan

bwyso a mesur ei opsiynau. Doedd e ddim moyn mentro i'r drws ffrynt i gnocio. Dyma y byddai ei fam yn gofyn iddo'i wneud, wedi iddi ddweud y drefn wrtho am chwarae â'r roced tu fas. Gallai glywed ei llais yn ei ben:

'O, Elis. Ddim eto! Ti'n cofio'r holl bethe 'nest ti eu colli yn y nant ar waelod yr ardd yn Heol Brynmawr? Pêl tîm Cymru, barcud newydd sbon a hofrennydd yr heddlu gest ti gan Wncwl Nathan.'

Ac roedd sawl peth arall doedd Mam ddim yn gwybod amdanyn nhw hefyd. Meddyliodd Elis am yr hwyl a gawsai un tro yn lansio deinosoriaid i'r awyr gyda chatapwlt Rhufeinig a roddodd ei dad iddo'n anrheg. Un pren lliwgar wedi'i beintio â llaw, ei fecanwaith yn gywrain ac effeithlon. Swfenîr digon costus yn dilyn ei daith busnes i'r Eidal. Rhywbeth i ddangos ei fod wedi gweld eisiau Elis tra ei fod i ffwrdd am gyhyd. Roedd Elis wedi gwirioni wrth gael y tegan pren.

Treuliodd brynhawn Sadwrn yn chwarae â'r gwahanol ymlusgiaid yn ei gasgliad gan eu lansio o naill ben yr ardd i'r llall. Dysgodd fod rheswm da pam na ddylai tyranosoriaid hedfan, y rhai plastig yn ogystal â'r rhai go iawn, wrth i'r creadur gwyrdd ddiflannu i'r dŵr clir gan ddychryn y pysgod bychain oedd yn cuddio o dan y geulan. Rhoddodd hyn syniad i Elis, a chychwynnodd gêm newydd yn lansio cerrig i greu sblashys mawr ar wyneb y nant. Nid oedd e'n tarfu ar neb wrth gael ei hwyl. Roedd y gêm yn un dawel ac fe hoffai wylio'r crychdonnau yn crwydro ar draws y dŵr. Chwilfrydedd pur a harddwch natur. Hoff bethau pob plentyn a'i dad, does bosib?

Gwirionodd Elis wrth i'r cerrig greu cylchoedd swnllyd yn y dŵr. Fe hoffai glywed y plop wrth i'r garreg blymio i wely'r afon. Felly gosododd garreg mor fawr â'i ddwrn yn ofalus ar y catapwlt bregus ac aros yn eiddgar i wylio'r tonnau crwn yn ffurfio, ond yn lle'r pop soniarus hyfryd, clywodd snap miniog, poenus wrth i'w hoff degan ynghyd â'i galon dorri'n ddau.

Roedd e wedi gobeithio y byddai ei dad yn trwsio'r catapwlt. Efallai y byddai wedi gallu gwneud hefyd, ond roedd e'n rhy grac i ystyried hynny. Yn hytrach, aeth y cyfan yn syth i'r bin ac aeth Elis i'w ystafell i eistedd ar ei wely a phendroni beth yn union roedd wedi'i wneud o'i le. Beth oedd cyfarwyddyd ei dad? Llyncu ei ddagrau hallt. Ond ni allai'r bachgen bach lawn ddeall beth oedd ei gamgymeriad.

Fe wyddai beth oedd y camgymeriad y tro hwn ac roedd e ar fin rhoi'r gorau i'r syniad o weld ei roced fach eto pan sylwodd fod rhywbeth anghyson yn rhan olaf y ffens wrth ymyl yr hen sied. Roedd lliw'r pren ychydig yn fwy tywyll yno a'r mieri'n tyfu ychydig yn fwy gwyllt yn y rhan guddiedig honno o'r ardd. Fe'i gwasgodd ei hun i'r bwlch cul rhwng y sied ac ymyl cefn yr ardd. Ceisiodd godi un o'r drain hir i'w harchwilio'n fwy gofalus ond fe'i brathodd.

'Aaww!' ochneidiodd gan ysgwyd ei law yn reddfol cyn sugno'r gwaed o'r cwt ar ei fys. Roedd y briw yn gul ond yn ddwfn. Am ennyd, roedd e bron yn siŵr y gallai glywed sŵn hisian isel, ond penderfynodd mai'r gwynt yn chwythu ydoedd.

Cododd y ddraenen unwaith eto, yn fwy gofalus y tro hwn, a'i phlethu ymysg y pentwr o ddrain ar yr ochr chwith. Gwnaeth yr un peth sawl gwaith gyda'r holl dentaclau pigog ac oddi tanynt ffeindiodd hen glicied â chlo rhydlyd. Tynnodd ar y clo a synnu pan ddaeth yn rhydd yn hawdd yn ei law. Ers pryd roedd hwn yma, tybed? Doedd y gât fach ddim yn symud wrth ei thynnu, ond agorodd i gyfeiriad gardd drws nesaf. Felly, llusgodd lewys ei got a'i siwmper dros ei ddwylo i'w amddiffyn ei hun rhag y drain a gwthio ei ffordd trwy'r gât â'i ysgwydd.

Brwsiodd y dail oddi ar ei freichiau a phlycio'r pigau o'r gwlân coch cyn edrych o gwmpas am ei roced. Roedd gardd drws nesaf lawer yn fwy na'u gardd nhw ac fe edrychai'n fwy fyth gan fod caeau a defaid yr ochr draw i'r wal gerrig a redai ar hyd ei gwaelod. Ond allai Elis ddim gweld y cyfan. Lapiai'r ardd o gwmpas y tŷ, y tu hwnt i'r hyn oedd yn weladwy ac roedd pob math o blanhigion a choed yn ei atal rhag gweld y cyfan.

Er ei bod hi'n dal yn weddol oer o hyd, roedd arwyddion addawol o'r gwanwyn yn gwthio i'r wyneb. Tyfai coesau'r cennin Pedr yn fwndeli balch ar draws yr ardd, eu blodau melyn yn gocynnau tyn. Mewn cornel wrth ymyl y gât guddiedig, roedd wal fach gerrig yn dal bryncyn o bridd wedi'i orchuddio gan ddail sych, ac o'i flaen, rhes o botiau terracota tolciog a oedd wedi goroesi sawl gaeaf. Llifai llinyn o ddŵr yn igam ogam i lawr yr ardd gerrig gan ymgasglu mewn pwll bach wrth ei thraed. Dyna o ble y deuai'r hisian a glywsai Elis ynghynt. Neidr o ddŵr yn unig oedd hi, yn poeri i mewn i'r pwll.

I'r dde gwelai Elis ysgeintiad o lilis bach gwyn, fel siwgr mân, dros wreiddiau'r dderwen yng nghalon yr ardd. Rhedai mainc fetel werdd â phatrwm cywrain o gwmpas corff y goeden. Byddai wedi bod yn lle hyfryd i eistedd ar un adeg, ond wrth i'r goeden ennill ei chylchoedd bob blwyddyn, roedd y fainc wedi dechrau tagu'r pren wrth ei fôn. Roedd cath yn cysgu yn gwrlen ddu ar y sedd anwastad, yn mwynhau goleuni ola'r dydd. Cododd ei phen pan gaeodd Elis y gât ar ei ôl, er iddo geisio gwneud hynny mor dawel â phosib. Sniffiodd y gath yr awyr yn fusneslyd wrth ei weld a chladdu ei phen o dan ei chynffon unwaith eto.

Trodd Elis ar ei sawdl wrth glywed sŵn clwcian isel i'r chwith. Ym mhen pella'r ardd roedd cawell fawr â rhwyd werdd eang drosti. Aeth Elis yn nes ati, gan droedio'n ofalus wrth geisio osgoi dihuno'r gath eto. Y tu draw i'r rhwyll wifrog roedd rhyw fath o dŷ bach twt, ond yn rhy fach i blentyn chwarae ynddo. Roedd Elis yn disgwyl gweld cwningod, moch cwta neu ieir efallai yn crwydro mas ohono.

Camodd yn nes at y gawell ac yna fe'u gwelodd nhw. Clwstwr o adar bach brith yn crafu'r ddaear ac yn crwydro'n ara deg o gwmpas eu cartref. Syllodd arnyn nhw am funud ac anghofio'n llwyr pam ei fod wedi mentro i'r ardd annisgwyl hon. Yna, clywodd lais menyw ychydig fetrau y tu ôl iddo.

'Sof lieir,' dywedodd yn ddistaw, bron fel petai'n siarad â hi ei hun.

Teimlai Elis ei fochau'n cochi a'i groen yn gwelwi ar yr un pryd. Trodd i wynebu cyfeiriad y llais ond atebodd e ddim.

'Sof lieir 'dyn ni'n 'u galw nhw – *quail*,' dywedodd y fenyw eto a cherdded yn bwyllog ac yn ofalus i lawr yr ardd. Roedd hi'n ceisio osgoi cwympo gan fod y ddaear yn llithrig mewn mannau wedi glaw'r dyddiau diwethaf, a doedd hi ddim yn hollol hyderus am gryfder ei choesau na chywirdeb ei cham.

'Maen nhw'n llai na'r ieir arferol ac yn dawelach, sy'n siwtio pawb wrth gwrs.'

Roedd ei llais yn ysgafn ac yn garedig, ond fymryn yn grynedig. Roedd Elis yn dal heb ddweud gair. Roedd hi'n anodd gwybod pa un o'r ddau oedd fwyaf nerfus.

'Ond maen nhw'n dychryn yn hawdd,' ychwanegodd hithau, 'Felly, dwi'n falch dy fod ti'n dawel yn eu cwmni nhw.'

Roedd y got roedd hi wedi'i thynnu amdani yn smart ac yn lân ond gallai e weld bod haen o fwd yn gorchuddio'r sgidiau garddio am ei thraed.

Trodd Elis i edrych ar yr adar unwaith eto.

'Dyna ydy ystyr y gair yn Saesneg. *To quail*. Gwingo. Cael eich dychryn. Oeddet ti'n gwbod hynny?'

Siglodd Elis ei ben. Roedd yr enw'n estron iddo yn y ddwy iaith, ond roedd eu symudiadau stacato yn ddiddorol.

Safodd y ddau yno mewn tawelwch llwyr am ychydig funudau yn gwylio'r soflieir yn crwydro, yn clwcian ac yn crafu. Gwthiodd un ei phen mas o'r tŷ bach twt ac aeth un arall yn ôl i mewn i guddio eto. Sylwodd Elis ar y gath yn mewian wrth draed yr hen wraig ac fe blygodd hi i'w maldodi. Roedd cân ei grwndi yn gryf a chysurus, fel petai'r crwth yn goglais ei glustiau. Teimlai Elis guriad ei galon yn arafu wrth iddo sylweddoli nad oedd e mewn trwbwl wedi'r cwbl.

'Roced,' crawciodd Elis, a chlirio'i lwnc i roi ail gynnig ar siarad. 'Fi'n edrych am 'yn roced i.'

'O,' atebodd Mrs Jenkins. Roedd hi'n deall felly pam bod y bachgen wedi ymddangos yn ei gardd hi, er nad oedd ei chwilfrydedd am hynny'n amlwg iddo o gwbl. 'Iawn. Galla

i dy helpu di i edrych amdani. Pa liw ydy hi? Un fach iawn?'
Fel petai'n disgwyl gorfod gwahaniaethu rhwng dwsinau o
rocedi tebyg ar hyd a lled ei gardd fawr.

Daliodd Elis ei ddwylo tua hyd braich oddi wrth ei gilydd
ac esbonio mai roced goch â streipiau glas ac arian oedd hi.
Aeth y ddau ati i chwilio, yn falch bod eu helfa yn rhoi pwrpas
i'w cyfarfod lletchwith, am ychydig o leiaf.

Arweiniodd Elis y ffordd i'r rhan o'r ardd lle'r oedd y roced
yn debygol o fod. Ar ôl chwilota am ychydig ymysg potiau'r
planhigion, sylwodd Mrs Jenkins ar gynffon y tegan a oedd
wedi'i ddal gan ddrain y llwyni wrth y ffens y tu ôl iddyn nhw.

'Dyna hi,' meddai gan bwyntio ati. Nid oedd wedi
mentro'n bell i'r ardd wedi'r cyfan. Aeth hi i'w thynnu'n
rhydd ac fe frathodd y drain hithau hefyd.

'Ow! mae'n hen bryd i fi wneud rhywbeth am y pethau
cas 'ma. Mae'r adar yn hoffi'r mwyar yn yr hydref, ond o,
maen nhw'n crafu!'

Estynnodd y roced i law agored y bachgen a gwenu.

'Diolch,' cynigiodd yntau'n swil a throi'n reddfol tua'r tŷ.

Oedodd hithau am eiliad neu ddwy cyn ychwanegu'n
frysiog, 'Cei di ddod 'nôl i'r ardd os wyt ti eisie.'

Stopiodd Elis wrth y gât a rhyfeddu ychydig at Mrs Jenkins,
er nad oedd e'n bwriadu gwneud.

'Mae digon o le 'ma os wyt ti moyn rhywle arall i chware,
neu os hoffet ti weld yr adar 'to. Faset ti ddim yn creu unrhyw
drafferth i fi.'

'Diolch,' oedd yr unig beth y gallai Elis ei gynnig fel
ateb, ond ceisiodd wenu'n fwy eang y tro hwn a dangos ei
ddannedd. Roedd ei fam bob amser yn dweud bod gwên

hyfryd ganddo pan fyddai'n dangos ei ddannedd. Edrychai'n hapusach, *yn fwy diffuant. Yn fwy credadwy.*

Caeodd y gât ar ei ôl a cherdded yn fwriadol bwyllog ar hyd y lawnt ac i mewn i'r tŷ. Nid oedd am iddi feddwl ei fod e'n rhedeg i ffwrdd, er na wyddai Elis i sicrwydd ai dyna roedd e'n ei wneud neu beidio.

Accelerando

Cyflymu

'Haia, byti bach. Gest ti ddiwrnod da?'

Camodd Elis i lawr y grisiau cul yn araf wrth i'r plant eraill ruthro heibio at eu rhieni. Doedd e ddim yn disgwyl gweld ei dad wrth yr ysgol heddi. Fel arfer, byddai ei fam yn ei rybuddio cyn gadael y tŷ yn y bore bod newid i'r drefn. Fe hoffai Elis wybod beth i'w ddisgwyl.

Cynigiodd ei dad ei ddwrn iddo ond cafodd Elis ychydig o ddolur wrth i'w dwylo daro.

'Ble mae Mam?'

'Roedd cyfarfod yn rhedeg yn hwyr, felly nath hi ofyn i fi ddod i dy 'nôl di a mynd â ti i'r wers biano.'

Chwiliodd Elis am awgrym o anwiredd ond doedd dim un.

'Be 'nest ti heddi, 'te? Ymarfer corff?'

Pwyntiodd at y trainers Adidas gwyrdd ar draed Elis.

'Ie, rasys rhedeg.'

Fe hoffai Elis athletau. Doedd ei sgiliau pêl-droed ddim cystal â'r lleill, gan nad oedd unrhyw ddiddordeb ganddo mewn ymarfer. Roedd ei dad wedi prynu gôl fach i'r ardd gefn ddwy flynedd yn ôl, ond pwy oedd eisiau cicio pêl at gôl wag? Roedd Elis yn rhy fyr a ddim yn ddigon cystadleuol i fod o ddefnydd mewn gêm bêl-fasged a theimlai'n ddigon diwerth mewn gêm rygbi, ond duwcs fe allai redeg yn gyflym!

Cymerodd ei dad ei fag a'i got a cherddodd y ddau at y car. Wrth blygu ei ben i ddringo i'r sedd gefn, gallai Elis weld ei fod wedi gwneud ymdrech i'w lanhau. Doedd dim pecynnau gwag dan droed, dim pentwr o bapurau na thalebau i'w tacluso, ac roedd gwynt pinwydd a lemwn mewn potel wedi ei roi ar y defnydd du.

'Oedd y cinio'n ocê heddi?' gofynnodd ei dad gan chwifio Twix dros ei ysgwydd o'r sedd flaen.

Gwenodd Elis arno yn y drych bach a chipio'i wobr yn frwdfrydig.

Dechreuodd yr injan a throellodd ei dad fotwm y radio rhwng ei fysedd melynwyn. Doedd e ddim yn ceisio'i ddiffodd, dim ond gostwng y sain i lefel cyfeiliant cefndirol. Gallai'r tawelwch fod yn llethol weithiau.

'Sut ma pethe yn y tŷ newydd? Ti'n hoff o dy stafell?'

Edrychodd Elis mas trwy'r ffenest ar y tai teras a ddiflannai un ar ôl y llall ar hyd yr heol. Tŷ pinc. Tŷ glas. Tŷ brown.

'Ydw. Ma fe'n fach ond mae'n iawn.'

'Beth am weddill y lle? Soniodd Mam fod y lolfa'n neis ac yn fawr. Digon o le i ti chware Lego.'

Yr unig beth y llwyddodd Elis i'w ynganu oedd 'Oes,' â llond ceg o garamel. Roedd e wedi llwyddo i rwygo'r papur o'r diwedd. Stwffiodd y siocled i'w geg yn farus. Roedd teimlo llif y siwgr i'w waed a chrensian y fisged rhwng ei ddannedd yn bwysicach rywsut na blas y pecyn.

'A beth am…?' Oedodd. 'Shwt ma Mam?'

'Ma hi'n ocê. Ma hi ar y ffôn lot.'

Cychwynnodd Elis ar fys arall y fisged siocled.

'O? Yn siarad 'da rhywun arbennig?'

'Sai'n siŵr.'

Sylwodd fod ei dad yn ymddangos fel pe bai'n teimlo'n anesmwyth. Dim ond am amrantiad, ond fe'i gwelodd yn tynhau gafael ei law dde yn olwyn y car.

'Gyda'r landlord,' ychwanegodd Elis. 'Ma angen trwsio lot o bethe.'

'O.'

Teimlai'r saib yn hirach o lawer nag ydoedd mewn gwirionedd.

'Rhywbeth y galla i helpu 'da fe?'

Edrychodd ei dad arno'n obeithiol.

Cododd Elis ei ysgwyddau a dychwelyd i edrych ar bapur sgleiniog y Twix.

'Sai'n meddwl. Dyw'r gole ar y landin ddim yn gwithio. Ffenest y lolfa ddim yn cloi'n iawn. Stwff fel 'na.'

'Dwi'n gweld.'

Ceisiodd anwybyddu'r siom yn llais ei dad a gorffwys ei ben ar y sedd. Pan oedd Elis yn fach, arferai gwympo i gysgu yng nghar ei dad. Teimlai'n ddiogel ynddo. Rhythm y modur yn ei siglo a'i suo. Byddai ei dad yn ei yrru o gwmpas yng nghanol y nos, am gyfnod, i'w gael e i gysgu pan oedd e'n fabi wedi iddynt fethu'n llwyr yn ei lofft. Ni allai ymdopi â'r sgrechian uchel na dagrau rhwystredig, blinedig ei fam. Y car oedd ei ddihangfa a'r datrysiad yn y pen draw. Dyma pam bod Elis mor hoff o'r gofod, yn ôl ei fam, gan fod strydoedd gwag y nos yn wely iddo a'r sêr yn eu gogoniant yn nenfwd i'w gwsg erioed.

Ond erbyn hyn, roedd Elis yn ymwybodol o symudiad y car ac yn ei deimlo'n cyflymu'n raddol wrth iddo symud i fyny trwy'r gêrs. Roedd y car yma'n fwy na'r un oedd gan ei dad pan oedd e'n blentyn bach. Yn fwy cyfforddus. Yn fwy pwerus hefyd. Ond ni chafodd Elis yr un cysur o'r siwrnai, er gwaethaf moethusrwydd y car.

♪

Ar ôl y wers, trodd y car y gornel i *cul-de-sac* olaf Pen y Cae, ac wrth nesáu at y tŷ gallai Elis weld ei fam yn aros amdano yn y lolfa ac yn ffidlan â chaead y ffenest â'i llaw dde.

Neidiodd Elis mas o'r car a thaflu 'Diolch, Dad!' dros ei ysgwydd wrth ei baglu hi am y drws ffrynt agored.

'Haia, cariad!' Teimlai Elis gynhesrwydd gwên ei fam yn lapio'i holl gorff mewn cwtsh. 'Gest ti ddiwrnod da?'

'Do,' gwenodd yntau arni o ddifri calon ac aeth heibio iddi i mewn i'r tŷ. Roedd e ar fin lluchio'i fag o dan y grisiau cyn dychwelyd at y den cardbord yn y lolfa pan sylwodd fod ei dad wedi ei ddilyn o'r car ac yn sefyll o flaen ei fam.

'Haia.' Ceisiodd ei dad ei chyfarch yn lletchwith, gan oedi ar drothwy'r drws.

'Diolch am fynd ag e i'r wers biano heddi. Ro'n i'n... styc.'

'Dim problem, wir.'

Edrychodd i lawr y coridor at Elis ac yn ôl ar Christina. Rhoddodd got law las Elis yn ei llaw a phetruso eto.

'Ga i ddod miwn am funed?'

Gwyliodd Elis ei fam yn rhwbio llabed ei chlust yn annifyr cyn troi i'w wynebu.

'Elis, wyt ti moyn dechre'r ffilm *Star Wars* nesa ar y laptop? Mae e ar agor ar fwrdd y gegin.'

'Beth, nawr?'

'Ie, nawr. Dwi angen gair sydyn 'da dy dad yn y lolfa.'

'Ocê, Mam.'

Gollyngodd Elis ei fag ar y carped a brysio i gyfeiriad y gegin cyn i'w fam newid ei meddwl. Ffilm cyn gwaith cartref? Fyddai dim dadlau am hynny!

'Prynes i'r iogwrts ti'n 'u hoffi 'fyd,' gwaeddodd ei fam ar ei ôl, gan obeithio ei fod wedi'i chlywed.

Aeth Elis i chwilota trwy'r oergell ac estyn llwy o'r drâr. Rhygnodd un o'r cadeiriau ar draws y llawr pren ffug a dechrau clicio llygoden y gliniadur. Roedd yr iogwrt aeron yn blasu'n llai melys gan fod olion y siocled dros gefn ei dafod o hyd.

Dechreuodd bori trwy'r opsiynau ar y sgrin a newid lefel y sain, ond cyn cychwyn y ffilm fe oedodd. Gwrandawodd. Sylwodd nawr ar leisiau ei rieni o'r lolfa. Doedd lefel y sain ddim wedi newid. Dim ond rhyw fymryn yn fwy na sibrwd. Ond roedd eu geiriau yn cyflymu.

'Na, dyw hynny ddim yn wir, Chris, a ti'n gwbod 'ny.'

'Dy'n ni ddim yn galler siarad am hyn nawr. Beth os yw Elis yn clywed…?'

'Wel, wyt ti 'di meddwl am Elis o gwbl? A'r effaith arno fe?' Roedd chwerwedd i'r cwestiynau.

'Wrth gwrs 'mod i! Dwi bob amser yn meddwl beth sydd ore i Elis.'

'A ti wir yn meddwl taw dyma'r peth gore? Y peth gore iddo fe?'

'Paid â dechre hyn 'to. Alla i ddim... Ddim ar ôl...' Craciodd ei llais.

'Plis, Christina. Gwranda...'

'Na, Liam. Paid trial.'

Camodd Elis yn nes at y sgwrs gyfrinachol. Ni ddylai fod yn gwrando. Fe wyddai hynny. Ond roedd y chwilfrydedd yn ormod iddo. Y pryder yn ormod hefyd.

'*Come on*, Chris. Bydd pethe'n well, dwi'n addo 'ny.' Roedd llais ei dad yn erfyn ar ei fam yn enbyd.

'Na.'

'Byddwn ni'n hapus 'to. Cei di weld.'

'Stopia hi, Liam.'

'Jyst rho gyfle arall i fi... er mwyn Elis...'

Trwy ddrws cilagored y lolfa, gallai weld ei fam yn ysgwyd ei phen, yn gwrthod cynnig unrhyw obaith, ei hwyneb yn galed ac yn drist. Ni allai weld ei dad, ond clywai Elis druenusrwydd yn ei lais. Pam bod ei fam yn ei wrthod mor bendant?

Cymerodd Elis gam yn ôl wrth i ddrws y lolfa agor yn annisgwyl. Gwenodd ei dad arno'n galonogol cyn camu tuag ato. Oedd e'n gwybod ei fod e wedi clywed? Gallai weld bod ei fam wedi cwympo i'r gadair freichiau y tu ôl iddi, yn amlwg wedi ymlâdd.

'A, Elis, dyma syniad,' dywedodd ei dad yn uchel â gormod o frwdfrydedd yn ei lais i fod yn naturiol.

Trodd ei dad ar ei sawdl i wynebu'r lolfa unwaith eto gan barhau i siarad yn uchel ac yn awchus. Roedd rhaid sicrhau bod y ddau ohonyn nhw'n gallu clywed, ac yn bwysicach, bod y ddau ohonyn nhw'n gwybod hynny.

'Christina, be tasen i'n mynd i 'nôl Elis bob dydd Mercher o hyn ymlaen? Fyddai ddim angen i ti boeni am y cyfarfodydd hwyr, a bydd e'n gyfle da i ni'n dau siarad 'chydig ar y ffordd i'w wers biano. Be ti'n weud?'

Doedd Elis ddim yn siŵr at ba ddau yr oedd e'n cyfeirio. Am beth fyddai ei dad eisiau siarad? Ond fe hoffai'r syniad o deithio yn ei gar cyfforddus yn well o lawer nag eistedd yn neuadd yr ysgol am chwarter awr gyda'r prifathro yn disgwyl am ei fam.

'Plis, Mam! Ga i ddod 'nôl gyda Dad?'

Cymerodd Liam gam yn ôl i mewn i'r lolfa gan droi ei gefn ar Elis. 'Sdim rheswm i ti wrthod, nag oes, Chris?'

Edrychai ei fam fel petai wedi'i llethu. Nid oedd unrhyw nerth ganddi i'w wrthwynebu.

'Ocê, cariad. Caiff Dad dy gasglu di ar ddydd Mercher.'

Adlewyrchodd Elis y wên fodlon a ledodd dros wyneb ei dad. Gallai weld yr un wên dros wefusau tenau ei fam, ond gorchuddiai cysgod llwyd-olau ei llygaid gleision.

♪

Yr wythnos ganlynol, daeth ei dad i'w gasglu yn ei BMW unwaith eto fel y cytunwyd, gyda Twix yn ei law. Parciodd ar waelod y dreif y tro hwn, yr olwynion cefn yn blocio cefn car ei fam, a cherddodd ar hyd y llwybr at ddrws y tŷ gyda'i fab. Roedd Elis ar fin agor y drws pan ososododd ei dad ei law ar ei ysgwydd wrth iddyn nhw gyrraedd y stepen. Teimlai'n gynnes ond yn drwm. Deallodd fod angen aros.

Daeth Christina i groesawu Elis yn eiddgar unwaith eto. Ond y tro hwn, cerddodd ei dad heibio iddynt dros drothwy'r drws heb aros am wahoddiad. Plygodd ei fam i fwytho'i foch wrth synhwyro'i ansicrwydd a cheisio gwenu arno.

'Ma Dad jyst moyn siarad 'to, cariad. Paid â phoeni. Fyddwn ni ddim yn hir.'

Dilynodd hithau Liam i'r lolfa a chau'r drws yn sownd ar eu hôl. Roedd eu sgwrs yn dawel unwaith eto, ond gallai Elis eu clywed yn ddigon clir o'r gegin ddistaw. Roedd hi'n anodd eu hanwybyddu. Penderfynodd nad oedd e am wrando ar eu dadlau ac aeth mas i'r ardd i ddianc rhag y twrw tawel.

Roedd y glaswellt yn dechrau tyfu'n gynt ac fe lynai lleithder y glaw wrth y gwyrddni. Yn wir, suddai'r diferion trwy'r sgidiau a gwlychu bysedd ei draed. Doedd ei fam ddim wedi cael llawer o gyfle i dendio'r ardd hyd yn hyn.

Ffidlodd gyda'i bêl ychydig â'i droed a'i chicio'n ddifater i mewn i'r gôl. Roedd ei holl deganau diddorol dros lawr y lolfa, ond doedd e ddim am fynd i'w nôl. Byddai'n rhaid cnocio a tharfu. A gwrando.

Yna, fe gofiodd am y gât.

Cerddodd yn ara bach i waelod yr ardd, ychydig yn wyliadwrus a chwilio am y glicied. Ond fe sylwodd nad oedd y drain bellach yn nadreddu dros y gât i'w gardd nhw. Roedd rhywun wedi'u torri.

Agorodd y gât a gadael iddi gau y tu ôl iddo gyda chlec. Doedd e ddim am godi ofn ar y ddynes trwy ymddangos yn ddirybudd eto.

Roedd gardd drws nesaf eisoes wedi newid dipyn ers y tro diwethaf. Daliai coesau'r cennin Pedr eu trwmpedi'n falch erbyn hyn. Safai bandiau bach ohonynt mewn potiau fan hyn a fan draw ac o dan rai o'r coed byrraf. Er bod pridd y gwelyau yn weddol oer a gwag o hyd, roeddent wedi'u dotio â blodau cof gleision a thusw pert o friallu. Ond yr hyn a ddaliodd sylw Elis oedd y goeden writgoch yn ei blodau, y petalau pinc ysgafn fel cymylau o siwgr dros ei changhennau. Ceiriosen yn ei holl harddwch byrhoedlog.

Edrychodd Elis o'i gwmpas i chwilio am ei gymdoges ac fe'i gwelodd yn pasio un o'r ffenestri yng nghefn y tŷ. Aeth Elis yn nes a chwifio arni a theimlai'n falch wrth weld ei hymateb hapus. Cymerodd ychydig o amser i ddod at y drws cefn felly crwydrodd Elis i lawr i wylio'r soflieir yn clwcian ac yn pigo.

'Wedi dod i weld yr adar eto, wyt ti?' gofynnodd Mrs Jenkins pan gyrhaeddodd hi wrth ei ochr.

Gwenodd Elis arni'n dawel.

'Odyn nhw angen bwyd?' Roedd gobaith yn ei lais.

'Dw i'n rhoi bwyd arbennig yn y potie hyn bob yn ail ddiwrnod ac maen nhw'n cymryd beth maen nhw moyn. Ond ro'n i'n meddwl y byddet ti'n hoffi rhoi rhywbeth bach iddyn nhw.'

Agorodd ei llaw ac estyn dyrnaid o gorn melys iddo.

'Maen nhw'n cael hyn fel *treat* bach o bryd i'w gilydd. Wna i agor y gawell a chei di daflu'r rhain yn syth ar y llawr.'

Dilynodd Elis hi fel ei chysgod a lluchio'r corn ar y llawr ger ei thraed. Daeth eu crwydro tawel i ben yn sydyn a chafwyd rhuthr mawr wrth i'r adar heidio i ganfod y bwyd blasus.

Chwarddodd Elis mewn syndod.

'Mae angen dŵr ffres 'fyd. Llenwais i'r cwpan 'ma i ti. Wyt ti'n gweld y pot bach coch 'na? Dyna ble ma'r dŵr yn mynd. Cei di arllwys beth sy'n weddill dros y briallu draw fan'na.'

Wrth godi'r pot, clywodd Elis sŵn tincian annisgwyl ynddo a phan drodd y pot ar ei ochr, rholiodd hanner dwsin o farblis lliwgar ar y gwair.

'O, anghofies i amdanyn nhw. Maen nhw'n annog yr adar i yfed. Mae pethe sgleiniog yn dal 'u sylw.'

Casglodd Elis y marblis a'u troi yn ysgafn yng nghledr ei law wrth ail-lenwi'r pot â dŵr a'i ddychwelyd i'w briod le. Aeth i sefyll wrth ymyl ei gyfaill newydd a gwylio ffrwyth ei ymdrech.

'Elis ydw i,' meddai'n swil heb droi i edrych arni.

'Helô, Elis,' gwenodd. 'Mrs Jenkins ydw i.'

Cyn iddyn nhw allu yngan gair arall, clywsant ddrws yn cau'n glep o gyfeiriad tŷ Elis ac ymhen dwy funud daeth sgrech car yn gadael ar frys.

'O! Bydd Mam yn chwilio amdana i!'

Rhuthrodd Elis yn ôl at y gât a gan sylwi bod y marblis yn ei law o hyd, rhedodd i'w dychwelyd yn gyflym.

'Diolch. Sori. Hwyl!' Ffrwtiodd wrth roi'r marblis iddi, ei baglu hi tuag adre a chreu un ffrwst olaf ymysg y soflieir bach swil.

Moderato

Yn gymhedrol, dan reolaeth

Syllodd Mrs Jenkins trwy ffenest y gegin ar y glaw yn disgyn ar y borfa. Roedd y geiriosen wedi dechrau diosg ei phetalau, a dawnsiai ei blodau yn y gwlithlaw. Swatiai'r soflieir yn eu cwt i guddio rhag y gawod, eu clwcian distaw yn boddi dan bitran y glaw ar do'r cwt. Byddai'r ardd yn falch o'r glaw mân wrth gwrs, er y teimlai'r cymylau'n drymach nag arfer i Mrs Jenkins. Roedd y glaw yn golygu llonyddwch, heddwch a dim ymyriadau. Dim hyd yn oed gan fechgyn bach busneslyd a dymunol drws nesaf. Nid oedd y cymylau yn derbyn yr un croeso yn rhif 43 Pen y Cae heddiw.

Penderfynodd Mrs Jenkins estyn am y nofel ddiweddaraf roedd hi wedi'i benthyca o'r llyfrgell. Bu bron iddi â'i gorffen yn y gwely neithiwr, ond roedd ei llygaid yn blino yng ngolau gwan ei lamp. Gwingodd ychydig wrth godi i'w chasglu o ymyl ei gwely, ond wrth gamu ar y gris cyntaf yn y cyntedd, clywodd sŵn tap, tap wrth ffenest y gegin, mor ysgafn â phig aderyn yn cnocio ar y gwydr. Yno, safai Elis â chot law dros ei ben a'i ysgwyddau, welis gwyrdd am ei draed a gwên obeithiol ar ei wyneb. Chwifiodd arni'n frwd cyn estyn ei ddwylo agored i'r ffenest fel plentyn llwglyd, taer. Roedd e eisiau bwydo'r adar.

Dechreuodd Elis agor y gât i ardd Mrs Jenkins yn amlach drwy wythnosau goleuach mis Mawrth, yn enwedig wrth i'r dewis o dasgau garddio dyfu ynghyd â'r blodau. Tacluso oedd y job cyntaf. Paratoi'r ardd at ddyfodiad y tymor newydd. Ond roedd hyn gymaint yn well na thacluso annibendod ei deganau. Roedd y gwaith garddio yn apelio at Elis; roedd rhythm i'r tasgau, patrwm pendant y gallai fod yn sicr ohono. Nid oedd y garddio'n teimlo'n ailadroddus, ond yn hytrach yn gyfforddus, yn gyfarwydd, fel petai wedi bod yn tocio a phlannu a hau erioed.

Byddai Elis yn torri pennau y cennin Pedr wedi iddynt wywo â'i siswrn. Byddai'n brwsio'r dail crebachlyd a orchuddiai'r egin newydd. Byddai'n claddu hadau llysiau yn ddwfn yn eu potiau i'w cuddio rhag y pïod hy a geisiai eu dwyn. Ac wrth gwrs, fe wirfoddolai'n aml i fwydo a thendio'r soflieir a fyddai'n ymgasglu wrth ei draed yntau'n ddisgwylgar erbyn hyn.

Roedd Mrs Jenkins yn ei thro yn falch iawn o'r help, er na fyddai erioed wedi ystyried mynd i chwilio am gymorth, pe na bai Elis wedi'i gynnig. Yn wir, gwnaeth erfyn arni am gael gwneud. Y gwir amdani oedd bod yr ardd yn dechrau teimlo braidd yn rhy fawr iddi a'r gwaith i'w chynnal yn dipyn o her. Fe gymerai ychydig yn hirach iddi blygu ar ei gliniau i rwygo'r chwyn o'r ddaear, ac er ei bod hi'n hoff o'r blodau gwyllt a frychai wyrddni'r lawnt, fe wyddai mai ei blinder hi oedd wrth wraidd eu ffyniant lliwgar.

Dilynodd Elis Mrs Jenkins i'r tŷ gwydr i weld sut siâp oedd

ar eu hadau. Er bod y paent gwyrdd yn plicio oddi ar ymylon y ffrâm, teimlai'r awyr yn gynhesach o lawer oddi mewn i'r paenau gwydr. Roedd hi'n bryd dyfrio'r egin blanhigion – hoff dasg Elis. Estynnodd Mrs Jenkins y can i Elis a phwyntio at y man gorau yn y pridd sych i arllwys y dŵr a dechreuodd Elis chwibanu'n ysgafn, ei feddwl ar y dasg yn hytrach nag ar y gân ei hun. Tiwn lawen, syml a glywai'n aml yn y gwasanaeth ysgol ar fore Gwener. 'Iesu Tirion'.

Yn annisgwyl, a heb edrych ar Elis, gofynnodd Mrs Jenkins gwestiwn iddo a ddaeth â'r melodi i ben.

'Elis, ble mae dy fam?'

'Yn 'i stafell, fi'n meddwl. Ma hi'n hoffi tawelwch i farcio.'

'Wela i. Rwyt ti'n cadw mas o'r ffordd, felly.'

Nodiodd Elis. Roedd ei fam yn un brysur erioed, ond rywsut, ers i'w rieni wahanu, roedd pethau'n fwy anesmwyth yn y tŷ. Gallai glywed y tensiwn yn ei llais. Roedd y dadbacio heb ei gwblhau o hyd, ond nawr roedd hi wrthi'n marcio, neu'n golchi, neu'n ffonio ac yn dal i boeni. Fe'i clywai hi'n sgwrsio'n ffurfiol dros y ffôn yn aml, weithiau'n colli ei thymer. Gynt, fyddai ei fam byth yn colli ei thymer. Na, un dawel ei lleferydd a'i natur oedd ei fam. Byddai hi'n diflannu i'w hystafell wely i gael unrhyw sgyrsiau pwysig, a byddai ei dad yn tynnu'r drws ynghau yn ofalus y tu ôl iddynt. Ni allai Elis glywed llais ei fam trwy'r nenfwd uwch ei ben, dim ond traw isel ei dad a'i lais yn gyson, yn dawel ac yn ddifrifol. Llais rheswm. Dyna roedd wedi ei ddysgu. Ond fe allai Elis glywed pob gair o'i phryder yn eu tŷ bychan newydd. Roedd angen help Dad arni.

'Ydy hi'n gwbod dy fod ti 'ma?'

Ysgydwodd Elis ei ben gan obeithio nad oedd Mrs Jenkins yn gallu gweld y gwrid yn lliwio'i fochau. Roedd y cwestiwn yn rhesymol, ac fe wyddai hynny, ond nid oedd am ei hateb yn uchel. Parhaodd y ffrwd fain a lifai o'r can dŵr i gronni wrth goesau'r tyfiant bychan, cyn suddo i'r pridd. Teimlai Elis fel dewin yn arllwys diod hud i ryw ddyfnder dirgel.

'A beth am dy dad?'

'Dyw Dad...' Oedodd i droi'r can ben i waered wrth geisio gwagio'r diferion olaf. Ystyriodd ei ateb yn ofalus. 'Dim ond fi a Mam sy 'ma.'

♪

Ei fam oedd wedi rhannu'r newyddion. Ei bod hi a'i dad yn gwahanu. Un bore Sadwrn oer tua dechrau mis Ionawr, yng nghrombil llwyd y gaeaf, daeth ei fam i lawr y grisiau a'i dad yn ei wely o hyd, ac awgrymu y dylen nhw fynd am dro ar lan y môr a'i adael i gysgu.

Roedd Elis wrth ei fodd ar y traeth ym mhob tymor a thymheredd. Hoffai sglentio cerrig ar draws y dŵr fel y gwnâi ei dad, y rhai llyfnaf yn sgipio'n osgeiddig gan gusanu gwefusau'r tonnau. Ei dad, fel rheol, a allai eu taflu bellaf, ond roedd hi'n gystadleuaeth decach nawr, gan fod breichiau Elis yn dechrau cryfhau. Byddai ei fam yn eistedd i'w gwylio a thynnu lluniau ar ei ffôn, ei chwerthin byrlymus yn gogleisio clustiau Elis, wrth iddo ddawnsio a dathlu pan lwyddai i daflu un a'i chael i sboncio ymhell.

Ond y bore hwnnw, wrth i wynt y môr chwipio'u croen a chwibanu dros y tonnau, fe safodd hithau wrth ei ymyl a chasglu cerrig i lan y dŵr. Chwiliodd ei fam am y cerrig mwyaf, eu cynnig i Elis, ei bysedd yn gafael yn ei law wrth drosglwyddo'r rhoddion iddo. Fe wnaeth hi herio Elis i greu sblashys enfawr, y diferion yn tasgu i'r awyr. Chwarddodd y ddau yn uchel wrth i'r tonnau gwrso eu traed. Heb eu welis, roedd rhaid ffoi i ben y traeth cyn rasio'n ôl i lawr y tywod i ailgydio yn eu gêm. Gêm blentynnaidd yn yr ystyr gorau. Syml a diniwed. Roedden nhw'n hapus yng nghwmni ei gilydd. Eu cariad yn gyson fel curiadau y galon.

Wrth i'w dwylo gwlyb ddechrau oeri, aeth y ddau i brynu siocled poeth yn y caffi ar y prom a swatio yn y car i wylio'r tonnau. Gafaelai ei fam yn dynn yng nghynhesrwydd y cwpan, ei hanadl yn adleisio'r llanw a thrai. Eisteddai Elis yn y cefn, yn dethol y malws melys bach pinc oddi ar y mynydd hufennog a'u llyncu'n unigol fel losin. Traddodiad hyfryd ar ddiwrnod oer. Melystra'r ddiod a'r cyd-chwarae yn eu llenwi ym mhob ystyr.

Ac yna fe drodd y llanw.

Ni ddefnyddiodd hi'r gair ysgariad. Chwiliodd Elis yn ofalus amdano wrth wrando ar ei llais yn crynu wrth iddi esbonio beth oedd yn mynd i ddigwydd. Roedd hi'n gadael... roedden nhw'n gadael ei dad.

Roedd hi eisoes wedi trefnu popeth. Wedi ffeindio tŷ, wedi hysbysu'r ysgol, wedi dewis dyddiad. Roedd pawb yn gwybod, pawb yn barod, heblaw amdano fe. Pawb wedi trefnu, trafod, cynllunio, cynllwynio, heb ei gynnwys e yn y drafodaeth. O achos ei oedran? I'w amddiffyn? Byddai'n ceisio deall hynny wedyn. Ond yn y munudau tyngedfennol hynny, yn sedd gefn car ei fam, fe deimlai fel bachgen bach iawn unwaith eto a gawsai ei anwybyddu. Wrth droi'r byd ben i waered, bod ei fyd ef ar ben.

Edrychai ei fam arno'n ansicr yn y drych uwch ei phen. Roedd ei dwylo tenau yn crynu fymryn er bod y gwres wedi dychwelyd i'w hesgyrn yng nghynhesrwydd y car.

'Wyt ti moyn gofyn unrhyw beth i fi, cariad? Rhywbeth am y tŷ newydd, falle?'

Llifodd dagrau i lawr ei fochau wrth i'r hufen ewynnog doddi dros ymyl y cwpan a'i fysedd tywodlyd.

Llenwodd ei fam y distawrwydd.

'Ma'r tŷ ym Mrynheulyn, felly fyddwn ni ddim yn symud yn bell. Mae Anest, sydd yn dy flwyddyn di yn yr ysgol, yn byw yno 'fyd. Ti'n cofio mynd i'w pharti pen-blwydd hi yr haf diwetha? Gyda'r gacen fawr â lliwiau'r enfys?'

Arhosodd am ymateb ganddo am ychydig cyn parhau â'i disgrifiad pan na ddaeth unrhyw ateb ganddo.

'Bydd ystafell wely 'da ti yn gywir fel sydd 'da ti nawr, a lot o le i chware yn y lolfa.'

Torrodd ar ei thraws ei hun a throi i edrych ar ei mab.

'Bydd popeth yn iawn, cariad. Bydd popeth yn iawn.'

Gafaelodd hi yn ei law a gwenodd yntau arni trwy ei ddagrau. Roedd e'n gobeithio y gallai ei chredu.

♪

Cymerodd Mrs Jenkins y can ganddo i'w lenwi â rhagor o ddŵr o'r tap ar waelod y gasgen. Dododd y can ar y llawr ac aros i'r llif gyrraedd y brig cyn arwain Elis at y potiau nesaf.

'Dylet ti ddweud wrth dy fam dy fod ti'n dod 'ma,' ychwanegodd o'r diwedd gan barhau i wylio'r rhaeadr fach o'i blaen.

'Ma hi'n gwbod bo fi'n chware tu fas,' dadleuodd Elis yn daer. Roedd yr esboniad yn hollol deg yn ôl ei reolau ef. 'A 'nes i addo y byddwn i'n aros mas yn y cefen. Dyw Mam ddim yn hoffi fi'n chware yn y stryd.'

Doedd e ddim wedi dweud celwydd wrth ei fam mewn gwirionedd. Dim ond hepgor ambell fanylyn. Dyna'i gyfiawnhad.

'Mae angen i ti weud wrth dy fam dy fod ti yn dod draw 'ma.' Roedd ei llais yn bendant ond yn dyner o hyd. 'Dyw hi ddim yn iawn i ti guddio pethe rhagddi. Mae hanner gwirionedd yn gelwydd hefyd, cofia. Mae hi fel pelen o wlân. Os wyt ti'n colli gafel ar ben y llinyn, gall yr holl beth ddatod yn hawdd.'

Edrychodd Elis i fyw ei llygaid. Rhywbeth nad oedd e wedi'i wneud o'r blaen. Roedd eu gwyrddni'n amlycach yn yr heulwen glaer fel y planhigion a dendiai'r ddau gyda'i gilydd. Sut y gallai esbonio pam nad e oedd eisiau rhannu eu cyfrinach? Bod y cyfnodau hyn yn bwysig iddo. Bod yr ardd hon yn bwysig iddo.

Ond yng nghytgord eu tawelwch, fe ddeallon nhw ei gilydd.

'Bydd popeth yn iawn, Elis. Dwi'n siŵr bydd dy fam yn hapus i ti ddod 'ma. Ond ma hi'n bwysig 'i bod hi'n gwbod.'

'Ocê, Mrs Jenkins,' ildiodd, ei siom yn glir wrth i'w lais ddistewi.

'Beth os gwna i ddweud wrthi? Efalle y bydd hynny'n

haws?' cynigiodd hithau wrth synhwyro bod ei eiriau a'i egni yn gwywo.

Roedd un pot bach olaf yn sychedig o hyd ond nid oedd Elis wedi sylwi. Roedd yntau'n meddwl. Yn meddwl am gyfrinachau a'r hyn yr hoffai ef ei wybod.

'Mrs Jenkins?' dechreuodd ofyn. 'Pam roedd y gât draw fan'na wedi'i chloi?'

Ceisiodd hithau dynnu ei sylw at y potyn sych olaf wrth ystyried sut i'w ateb.

'Am fod pethe'n newid, Elis. Dyna pam. Pan symudon ni i'r tŷ 'ma, Mr Jenkins a finne, roedd pobol hyfryd yn byw yn 'ych tŷ chi. Ffrindie i ni. Roedden ni byth a beunydd yn mynd a dod i weld 'yn gilydd, i sgwrsio, bwyta, dathlu ac i helpu ein gilydd. Roedden nhw a ni fel un teulu mawr.'

'Ond ddim am byth?'

'Na.' Ateb syml. 'Fe symudodd y teulu i ffwrdd, i rywle yn y gogledd, a doedd pethe ddim mor glos rhyngon ni a'r bobl newydd. A phan fu farw Mr Jenkins, wel, do'n i ddim yn teimlo mor... ddiogel.'

Meddyliodd Elis am ei fam eto.

'A'r peth hawsa oedd cloi'r gât i'r ardd ac i'r byd tu fas, hefyd.'

Wedi diwallu'r eginyn lleiaf a'i droi i wynebu'r haul, trodd Elis i arllwys y diferion olaf yng nghwpan sgleiniog y soflieir, ond wrth gerdded yn fodlon at eu cawell, dywedodd dros ei ysgwydd,

'Fi'n falch 'i bod hi ar agor nawr.'

♪

Y bore Sul canlynol, daeth cnoc ar ddrws rhif 42 yn annisgwyl o gynnar. Byddai Elis yn dihuno am saith bob bore, hyd yn oed dros y penwythnos pan nad oedd rhaid codi'n fuan. Ni allai ei gorff ddweud y gwahaniaeth rhwng dyddiau'r wythnos, a beth bynnag, roedd hi'n llawer gwell ganddo chwarae na chysgu. Doedd dim ots gan ei fam am y sŵn, neu o leiaf ni fyddai hi'n dangos hynny, ond roedd Elis wedi dysgu i fod yn dawel yn y bore yn yr hen dŷ er mwyn peidio â tharfu ar gwsg ei dad, ac roedd yr arferiad wedi parhau, er nad oedd angen iddo boeni am hynny nawr.

Newydd orffen ei frecwast roedd Elis. Roedd e'n crwydro o'r gegin i'r lolfa â'i fochau'n dal chwarter powlen o *Rice Krispies*, pan glywodd y cnocio ysgafn wrth y drws, ond roedd ei fam yn dal i wneud tost yn ei phyjamas a heb sylwi ar y sŵn. Cododd Elis fflap y blwch post a phlygu ei ben i edrych lan ar yr ymwelydd cyn agor y drws.

'Elis!' gwaeddodd ei fam wrth ruthro i afael yn y ddolen. 'Ti'n gwbod na ddylet ti agor y drws i bobol ddierth. Fi sy'n neud 'ny.'

'Ond Mam, dyw hi ddim yn ddierth. Mae hi'n byw drws nesa.'

Safai Mrs Jenkins ar stepen y drws â'i chot amdani ac un o'i photiau terracota mwyaf taclus ar y stepen wrth ei thraed. Gwenodd yn lletchwith wrth glywed y ddau'n dadlau.

'Bore da,' cychwynnodd yn swil. 'Mae Elis yn iawn. Dw i'n byw yn rhif 43,' ychwanegodd gan ystumio â'i llaw i gyfeiriad ei thŷ.

'O, helô, Mrs...'

'Jenkins.'

'Helô, Mrs Jenkins.'

Rhyfedd fel oedd pobl yn meddwl eich bod chi'n briod ar ôl pasio rhyw oedran arbennig. Yn union fel bydden nhw'n synnu os oeddech chi'n briod â babi bach pan oeddech chi'n ifanc iawn. Yn rhwym neu'n rhydd yn ôl crychau eich croen. Sylweddolodd Christina ei bod hi wedi neidio i'r un casgliad ystrydebol wrth i Mrs Jenkins lenwi'r bwlch disgwylgar hwnnw ac roedd hi'n ddiolchgar nad camgymeriad ydoedd.

'Does dim blode gyda chi yn yr ardd flaen, ac ro'n i'n gobeithio y gallai'r rhosyn 'ma ddod ag ychydig o liw i'ch cartre newydd.'

Dyna pryd y sylwodd Christina ar y pot lliw cynnes a ddaliai'r planhigyn ifanc.

'Ma hynny'n garedig iawn, Mrs Jenkins. Diolch i chi.'

'Roedd 'y ngŵr yn un da iawn am greu planhigion newydd o'r hyn oedd gyda ni yn barod. Roedd e'n cymryd toriade bob blwyddyn ac yn anelu at ehangu ein casgliad a'u rhoi nhw fel anrhegion. Dwi'n cyfadde 'mod i ddim mor ddawnus ag e, ond dw i wedi trio parhau â'r traddodiad.'

Roedd Christina wedi gwirioni â'r anrheg er ei bod hi'n gwenu'n wannaidd. Roedd hi wrth ei bodd â blodau, er nad oedd hi wedi cael eu tyfu nhw yn eu cartref blaenorol.

'Doedd Mr Tompson – fe oedd yn byw 'ma o'r blaen – doedd e ddim yn hoffi tyfu unrhyw beth. Gormod o strach heb fawr o elw, oedd 'i farn e.'

Nodiodd Christina. Roedd hi'n deall yn llwyr. Patio, pafin a phorfa oedd holl sylwedd eu gardd flaenorol. A rhywle dan do i gadw'r biniau. Dewis syml, ymarferol, yn ôl ei gŵr.

Gwastraff arian fyddai blodau. Arian nad oedd ganddi hi i'w wario ar bethau felly.

Edrychodd Mrs Jenkins i lawr at Elis a oedd yn chwarae'n lletchwith gyda'r mat croeso â'i droed.

'Gobeithio y cewch chi flodyn arno yn yr haf, neu efalle y bydd hi'n flwyddyn nesa. Does dim angen lot o ofal arno. Mae'r rhain yn anodd iawn 'u lladd! Dim ond rhoi ychydig o ddŵr iddo bob hyn a hyn os bydd y pridd yn dechre sychu. Bob dydd yn ystod tywydd twym, wrth gwrs.'

Chwinciodd ar Elis a gwenodd yntau.

'Hoffech chi ddod miwn?' cynigiodd Christina, gan lapio gwregys ei gŵn nos yn dynnach o gwmpas ei chanol.

'Na, dim diolch. Dw i'n barod wedi tarfu digon arnoch chi a dwi ar 'yn ffordd i'r capel. Well i fi fynd os ydw i am ddala'r bws.'

Dechreuodd gerdded i lawr y stryd i gyfeiriad yr arhosfan ond trodd i godi llaw arnynt ac ychwanegu, 'Mae croeso mawr i Elis chwarae yn yr ardd unrhyw bryd. Dyw hi ddim yn drafferth o gwbl. Wir i chi.'

Cyn i Christina amgyffred ei geiriau, roedd Mrs Jenkins yn barod wedi cyrraedd cornel y stryd, yn amlwg heb ddisgwyl ateb.

Edrychodd eto ar y rhodd garedig. Roedd y dail tywyll yn disgleirio ac roedd degau o bigiadau ar y coesau yn amddiffyn yr unig flaguryn bychan iawn a grogai ar ei ben.

'Mam!'

Sylweddolodd fod Elis wedi diflannu o fod wrth ei hochr. Trodd i chwilio amdano a gweld bod ei lais yn dod o'r cwpwrdd dan sinc y gegin.

'Oes can dŵr 'da ni?'

Stringendo

Cyflymu'n raddol, tynhau, gwasgu

Roedd boreau Sul yn cychwyn yn fwy hamddenol yn rhif 42 Pen y Cae na'r diwrnodau eraill. Brecwast dau gwrs oedd yr uchafbwynt – 'pwdin brecwast' oedd un o hoff bethau Elis ac roedd digon o amser i wylio'i gartŵns cyn gadael am ei wers nofio.

Ond yr wythnos hon roedd pethau'n wahanol. Roedd y clociau wedi newid, ac yntau wedi aberthu awr hollbwysig o gwsg a chael croesawu'r wawr a'i chantorion yn gynharach.

Roedd Christina'n hoffi corws y bore bach yn nyddiau cynnar y gwanwyn. Gorweddai ar ddi-hun yn ei gwely â'i llygaid ynghau i wrando ar yr adar bach wrth iddi wawrio. Fe hoffai ganu persain y fronfraith, y drudwy a'r robin, triawd o drydariadau yn y cyfnod melys hwnnw rhwng y nos a'r bore bach, pan fyddai'n ceisio gafael yn ei breuddwyd. Ond wrth i'r heulwen oleuo cychwyn y dydd, byddai canu croch y gwylanod yn chwalu'r harmoni. Ni wyddai'r adar am droi'r cloc, wrth gwrs, a dechreuodd eu cyngerdd yn brydlon y bore hwnnw. A doedd neb wedi atgoffa Christina chwaith.

Cychwynnodd y diwrnod fel unrhyw ddydd Sul arall. Gorweddai Elis ar ei fola ar lawr y lolfa, hanner ei sylw ar y teledu a'r hanner arall ar res o gymeriadau plastig roedd yn eu gosod mewn trefn ar hyd y carped. Daeth ei fam â phlatied o dost Ffrengig i'r ddau ohonynt a'i osod ar y bwrdd coffi cyn suddo i'r gadair freichiau â choffi yn ei llaw. Roedd yr amser hwn yn werthfawr ac yn brin, ychydig oriau o dawelwch gydag Elis yn y cefndir. Tawnod yr wythnos. Gwyliai ei goesau'n siglo'n ddifeddwl a'i lygaid glas yn cau ychydig wrth iddo ganolbwyntio ar adeiladu rhyw fyd bach o'i flaen. Gwyn ei byd am gyfnod byr. Gallai ymlacio ac anghofio am bob dim y tu hwnt i'r waliau hynny.

Estynnodd Christina am ei ffôn o boced ei gŵn nos o'r diwedd i sgrolio gwacter y we am ychydig, ac yna sylwodd ar y cloc ac ar ei chamgymeriad.

'*Oh, crap!*'

Rhythodd Elis arni'n syn am eiliad cyn troi'n ôl at ei gêm. Fyddai ei fam ddim yn rhegi'n aml. Roedd y geiriau cas yn newid siâp ei llais. Gallai glywed y crychau ar ei hwyneb.

Cododd Christina yn sydyn a rhoi ei mwg i lawr yn frysiog ar y bwrdd, ond fe'i gosododd ar gam, llai na'i hanner ar y mat diod bach a cholli'r coffi poeth dros y carped llwydfelyn.

'Mam!'

Gafaelodd Elis yn ei ffigurynnau'n frysiog i'w hachub rhag staen yr hylif tywyll.

'Na, Elis! Paid! Mae'n dwym!'

Tynnodd ei gŵn nos a mopio'r pwll o goffi ar wyneb y bwrdd gyda'r defnydd trwchus cyn rhoi cynnig cyflym ar sychu'r carped. Yna rhuthrodd i fyny'r grisiau i gydio mewn jîns a chrys T gan weiddi ar Elis i ffeindio'i sgidiau ar ei ffordd.

'Be? Pam? Ble 'dyn ni'n mynd?'

'I nofio!'

'Ond…'

'Mae'r clociau 'di symud mlaen. Ry'n ni'n hwyr! Dere!'

♪

Roedd maes parcio'r ganolfan hamdden yn hanner llawn er bod dosbarth carate i fyny'r grisiau a pharti pen-blwydd yn y brif neuadd. Nid hi oedd yr unig un a oedd wedi anghofio troi'r clociau.

Safai Christina yn gwylio'r plant yn troi i ddechrau nofio ar eu cefnau trwy'r sgrin yn y caffi ar y llawr top. Chwifiodd ar Elis ond ni sylwodd ef arni. Roedd e'n rhy brysur yn mwynhau.

Roedd clwstwr bach o'r rhieni eraill yn eistedd ar fwrdd yn agos ati. Gwenodd tad Jonathan arni, dyn dymunol iawn ac eithaf doniol hefyd a fyddai bob amser yn hapus i sgwrsio. Ond allai hi ddim â chofio'i enw o gwbl. Adleisiodd hithau'r wên a chribo'i bysedd trwy ei gwallt blêr cyn troi ei chefn arno i osgoi gwahoddiad i ymuno â'r grŵp. Ceisiodd edrych yn brysur trwy fynd i brynu pecyn o fisgedi i'w rannu ag Elis ar ôl y wers a charton sudd afal yr un. Ni allai wynebu coffi arall y bore hwnnw.

Chwiliodd am fwrdd ar bwys y ffenest ar ochr bella'r caffi. Sugnodd trwy welltyn byr y carton a dechrau chwarae â'i bys modrwy noeth yn ddifeddwl. Teimlai'r croen ger y migwrn yn llyfnach ond yn rhyfedd o oer. A fyddai unrhyw un arall yn sylwi? Hi fyddai'n dod ag Elis i'r gwersi hyn fel arfer, er mai Liam fyddai'n talu. Nid oedd dim yn wahanol. Dim i'w weld yn wahanol.

Edrychodd ar yr awyr uwchben y maes parcio a gwylio'r cymylau lliw di-ddim yn llusgo'n araf yn y gwynt. Roedd y maes parcio'n dechrau llenwi nawr. Gwelodd nifer o rieni'n cludo plant pedair neu bump oed gan gario anrhegion wedi'u lapio at y fynedfa, cyffro pur dros wynebau'r rhai bach ac arlliw o ddychryn dros rai'r oedolion.

Trwy gil ei llygad, sylwodd ar ddrws car yn cau ar ymyl y maes parcio o dan y pinwydd. Edrychai'r car yn gyfarwydd er na allai hi gofio pam, ac ni welodd pwy wnaeth ddringo i'w sedd flaen. Arhosodd i'r injan danio fel y gallai fodloni ei chwilfrydedd a gweld pwy oedd y gyrrwr wrth i'r cerbyd du adael. Ond wnaeth e ddim. Fe'i gwyliodd yn amyneddgar am ychydig funudau ond torrwyd ar ei thraws gan chwiban main y tiwtor nofio yn atseinio rhwng waliau'r pwll. Roedd y wers ar ben.

Casglodd Christina ei phethau ynghyd a rhuthro trwy ddrws y caffi, ar hyd y coridor ac i lawr y grisiau. Gallai ffoi i dawelwch eu dydd Sul unwaith eto.

I gyrraedd drws yr ystafell newid ceisiodd ymddiheuro yn gwrtais wrth wau ei ffordd trwy ganol menywod yn eu saithdegau, criw llawn clecs ar eu ffordd i gychwyn sesiwn bwyllog. Roedd capiau nofio amryliw ar eu pennau ac roedd un eisoes wedi gwisgo'i *goggles* presgripsiwn. Fe darodd hi yn erbyn cefn Christina o leiaf ddwywaith yn ei dryswch.

Roedd Elis eisoes yn aros amdani, ei wallt cyrliog yn diferu dros ysgwyddau ei grys T.

'Doeddet ti ddim moyn cawod, 'te?'

'O'dd hi'n rhy brysur. Ga i un yn y tŷ.'

Nid oedd Elis wedi dechrau cyfeirio at rif 42 fel ei gartref eto. Ond nid oedd yn disgrifio'r hen dŷ, tŷ Liam, fel cartref chwaith. Cyfaddawd o fath.

'Ocê, ond dwi angen galw yn Tesco ar y ffordd gatre.'

'O, o's raid i ni?'

'Cei di aros yn y car os wyt ti moyn. Fydda i ddim yn hir.'

Tynnodd hi'r tywel mas o'i fag a rhwbio'i ben braidd yn wyllt cyn camu i'r awyr ffres.

Agorodd Elis ddrws cefn y car ond oedodd hithau cyn dringo i'w sedd. Roedd y car du yn dal i fod yno, dan y pinwydd.

'Mam? *Come on.* Fi moyn bwyd!'

Eisteddodd y tu ôl i'r olwyn a phasio'r bisgedi a'r sudd iddo. Cychwynnodd hi'r car gan anghofio gofyn iddo rannu'r pecyn, er bod ei stumog yn rymblan.

'Weles i Anest yn y pwll. Ma hi yn y dosbarth ar d'ôl di, dwi'n credu.'

Edrychodd Christina ar ei mab yn y drych yn stwffio bisged i'w geg, y briwsion siwgraidd yn glynu wrth gorneli ei wefusau, yn union fel pan oedd e'n grwtyn bach.

Roedd rhes o geir yn ffurfio y tu ôl iddynt yn y gyffordd wrth i'r rhieni eraill ymuno â'r ciw. Trodd ei phen o'r chwith i'r dde i chwilio am fwlch yn y traffig o'i blaen ond roedd y llif yn rhy gyson. Edrychodd yn ei drych eto'n gyflym. Ac fe'i gwelodd. Y car du yn bacio'n ôl ac yn troi i ymuno â chefn y ciw.

Biiiiiiiip!

Canodd corn yn ddiamynedd y tu ôl iddynt nes dychryn Christina am funud. Roedd hi wedi colli cyfle i dynnu mas i'r heol, camgymeriad a oedd wedi gwylltio perchennog

Vauxhall mawr a ymwthiai tuag at gwt eu car. Gwingodd Christina a chochi. Roedd yn gas ganddi ddigio pobl eraill.

'Sori, sori!' ymddiheurodd yn uchel, er na fyddai neb arall yn ei chlywed.

Gwyliodd y traffig eto a brathodd Elis fisged arall, sŵn y crensian yn cosi clustiau ei fam. Daeth bwlch i'r dde a throdd y car i gyfeiriad yr archfarchnad.

Er bod yr heol yn weddol brysur o gofio mai bore Sul ydoedd, roedd y palmentydd llydan yn amddifad o gerddwyr. Roedd y cymylau bygythiol yn crwydro dros gopa'r cwm yn y gwynt ac ambell belydryn yn gwanu'r llwydni, ond roedd perygl o law yn parhau.

Cymerodd Christina bip arall yn ei drych. Roedd y car du ryw bedwar car y tu ôl iddynt. Ond dyma'r brif heol i ganol y dref. Nid oedd hynny'n annisgwyl.

'Unrhyw syniad beth ti moyn i gino?'

'Pitsa?'

Ffiltrodd y ceir i ddwy lôn wrth gyrraedd y goleuadau traffig. Tri char tu ôl nawr.

Rhwygodd Elis y pecyn plastig i gyrraedd y fisged olaf.

Gwthiodd Christina y dangosydd i ddangos ei bod am droi i'r dde a gwrandawodd arno'n tician wrth aros am y golau gwyrdd. Gwyliodd fflachiadau'r Toyota o'i blaen a hoeliodd yr anghytgord ei sylw. Y rhythmau cyson yn gwrthdaro.

Trodd y car i'r dde a brathodd Elis y fisged olaf.

Teimlai Christina y blew ar ei breichiau'n codi er bod y car yn gynnes. Cliciodd gymalau ei bysedd a llacio'i gafael ar yr olwyn ychydig. Hen arferiad a fyddai'n mynd dan groen Liam ond a leddfai ei nerfau hithau.

Edrychodd yn y drych eto.

Craciodd esgyrn ei migyrnau, yr amliniau gwyn yn glir o dan ei chroen.

Wrth nesáu at droad Tesco, gwnaeth Christina benderfyniad. Ymunodd â'r cylchfan yn bwyllog ond yn lle troi i'r chwith, aeth rownd unwaith eto, gadael ei lôn yn annisgwyl a dilyn yr heol yn ôl i gyfeiriad y ganolfan hamdden.

'Mam? Be ti'n neud?'

'Ry'n ni'n mynd yn syth gatre, cariad.'

Gwiriodd y drych eto.

'Ond beth am Tesco?'

'Ma heddi 'di bod yn ddigon o straen yn barod. Allwn ni fynd yno ar ôl ysgol fory. Ma pitsa yn y rhewgell, ta beth.'

Trodd y car du i mewn i faes parcio'r archfarchnad ac anadlodd Christina am y tro cyntaf ers rhai eiliadau.

'Ond, Ma–'

Dechreuodd Elis beswch. Roedd darn ola'r fisged wedi mynd yn syth i lawr ei lwnc. Pesychodd yn gryg. Peswch o banig nawr. Y briwsion yn crafu ei lwnc, y poer a'r aer yn gymysg yn ei wddf.

'Elis? Elis! Ble ma'r sudd afal?'

Stopiodd y car yn sydyn gan dynnu i'r ochr heb boeni ble. Estynnodd y carton i'w mab o'r sedd wrth ei ymyl a gwylio lliw ei fochau'n gwelwi wrth iddo lwyddo i lenwi ei frest yn iawn.

'Wyt ti'n iawn, cariad?' Roedd pryder yn ei llais o hyd, ond ceisiodd swnio'n gysurus er ei les ef a'i lles hithau.

Nodiodd Elis a chlirio'i lwnc.

'Sori, Mam.'

'Paid ymddiheuro. A phaid siarad am ychydig. Jyst yfa'r ddiod 'na. Ni'n mynd gatre nawr, ta beth.'

Cliciodd y dangosydd unwaith eto i ailymuno â'r heol yn fwy gofalus y tro hwn, yn ymwybodol nawr ei bod wedi stopio mewn man peryglus. Gwyliodd lif y traffig yn y drych adain i'r dde ac aros am ei chyfle. Wrth dynnu o flaen fan DPD a oedodd i greu lle iddi, fe welodd hi'r car du eto. Roedd hi'n ei nabod nawr. Car rhodresgar, er gwaethaf ei oedran. Mercedes ail law â phlât rhifau personol. Car busnes. Car ar fenthyg iddo gan ei frawd.

Caeodd ei bysedd dros yr olwyn, ei chroen tenau yn tynhau dros ei dyrnau. Rhwygodd y cnawd dros ei migwrn unwaith eto dan y tensiwn, a llifodd ffrwd o waed i lawr ei bys at y lledr. Gadawodd i'r gwaed staenio'r olwyn ond esmwythodd ei mynegfys gyda'i bawd heb yngan smic.

Gwyrai'r heol o'i blaen i'r dde gan eu harwain ar hyd rhodfa o goed, ei changhennau mawreddog yn amgáu'r car mewn cysgod gwyrddlas, wrth i'r haul dreiddio trwy'r cymylau uwchben.

Edrychodd eto yn ei drych a gweld y dail yn tasgu eu siapau tywyll dros ffenestri'r ceir y tu ôl gan guddio wynebau'r gyrwyr. Diflannodd y ffin ddotiog rhwng y ddwy lôn ar lawr ac ymdoddi'n un llwybr cul wrth i ganopi'r coed gywasgu uwch eu pennau. Fe wyddai y dylai hi arafu wrth i'r heol gulhau, ond teimlai ei throed yn hofran yn reddfol dros y cyflymydd. Pwysodd arno fymryn wrth ddilyn meingefn yr heol gan ysgwyd Elis o ganol ei sedd.

Am y tro cyntaf, dechreuodd Elis dalu sylw i symudiad y car, i dawelwch y car, i ddwylo ei fam. Gwelodd y gwaed ar ei migyrnau. Gwelodd ei llygaid yn gwirio'r drych bach ar wib. Synhwyrai ei hofn a'i dychryn ond heb wybod pam. Heb ddeall pam. Ond fe wyddai na ddylai ofyn.

Cyflymodd y car yn raddol wrth i'r heol ledu a gallai'r ddau ohonynt weld y gorwel yn gliriach. Aethant heibio i'r ysgol gyfun, y Co-op enfawr a'r parc ond rhaid oedd arafu wrth nesáu at y groesfan. Ac wrth oedi yn oerni ei phryder ac wrth aros i'r pâr priod groesi'r ffordd, gwelodd Christina ei dihangfa. Yn sefyll yn stond wrth yr arhosfan bysiau, â het ar ei phen a sodlau bach taclus yn cydio yn ei thraed yr oedd eu cymdoges, ei gyfaill ef, ei hesgus hithau – Mrs Jenkins rhif 43.

Tynnodd Christina'r car i'r ochr ac agor y ffenest chwith.

'Mrs Jenkins, ydych chi moyn lifft?'

Roedd y car wedi blocio'r arhosfan yn llwyr ac fe wyddai Mrs Jenkins y byddai'r bws yn cyrraedd mewn munud neu ddwy.

'O, dim diolch. Do's dim angen. Dwi'n berffaith hapus i ddala'r bws.'

Roedd yr ateb braidd yn swta, bron yn amddiffynnol. Byddai Elis wedi synnu, pe bai e wedi talu sylw.

'Wir i chi, Mrs Jenkins. Fydd hi ddim yn drafferth o gwbl.'

Gwenodd Christina arni o ddifri calon, ond synhwyrodd Mrs Jenkins fod rhywbeth gwahanol am lais Christina y tro hwnnw. Rhyw dinc i'r traw, rhyw gryndod, rhyw ruthr i guriad ei geiriau.

Edrychodd hi ar Elis yn y sedd gefn a sylwi nad oedd yntau'n edrych arni. Yn hytrach, fe rythai ar ei fam, ei lygaid glas yn hanner cau fel petai'n canolbwyntio, yn gwrando, yn clustfeinio.

'Wel, 'dych chi'n garedig iawn. Diolch. Dim ond mynd gatre ydw i. Y'ch chi ar 'ych ffordd i'n stryd ni?'

'Ydyn, Mrs Jenkins. 'Na beth yw lwc!'

Agorodd Christina glo'r drws a thynnodd Mrs Jenkins ar y ddolen. Ceisiodd frysio ychydig i eistedd er bod ei gliniau'n brifo gan fod bws rhif 11 yn tynnu i mewn wrth gwt y car. Aeth rhes hir o geir, un, dau, tri, pedwar, heibio i'r bws a heibio i'r car a oedd wedi stopio mewn lle anghyfreithlon a lletchwith.

Gwelodd Christina'r gyrwyr yn gwgu arni wrth basio, eu grwgnach yn ceisio codi cywilydd arni heb lwyddo y tro hwn. Pob un gyrrwr yn flin heblaw am un. Yr un a edrychodd arni'n ddigynnwrf, yr un a oedd am ddal ei llygad wrth basio a hithau mewn sefyllfa chwithig a braw yn ei llygaid. Ond fe barhaodd y Mercedes i ddilyn y ceir gan ddiflannu o'i golwg hi yn y diwedd wrth weld Mrs Jenkins yn ymuno â nhw. Llyncodd Christina ei phoer a llacio gafael ei bysedd ar yr olwyn o'r diwedd.

♪

Teimlai Christina braidd yn chwithig yn tycio Elis yn ei wely cyn iddi nosi'n iawn. Fel petai'r hwyrnos ei hun yn ei gwawdio am yr awr a gollodd yn ei gwmni y bore hwnnw. A'r holl oriau a gollai o'i gwmni wrth drio gweithio, trefnu pob dim a byw. Goroesi yn hytrach na byw.

Roedd yr haul ar fin machlud pan gaeodd Christina'r llenni i greu tywyllwch artiffisial dros ei wely. Fe'i cusanodd ar ei ben a'i adael heb lawer o hyder y byddai'n cysgu'n gyflym iawn yng ngolau'r hwyrddydd. Aeth i aros yn ei hystafell hithau i ddarllen yn dawel ac i fod wrth law rhag ofn y byddai ei hangen arno.

Ni fyddai Christina'n sylwi ar gorws y gwyll fel rheol, pan fyddai lleisiau cryfaf y côr yn ildio'r llwyfan i'r unawdwyr mwyaf gwylaidd. Roedd hi dipyn yn dawelach na chân y bore wrth gwrs, ac fel arfer byddai Christina'n rhy brysur i'w glywed. Ond, y noswaith honno, wrth i'r cyfnos oedi cyn taflu ei gysgod dros yr ardd, gallai glywed pob crychnod a phob cwafer. Cyfnewid cerddorol rhwng cymdogion a chyfeillion, cariadon a rheibwyr. Canai'r dylluan wen i'w chariad yn y coed a defnyddiai'r titw tomos las ei lais i hawlio ei diriogaeth.

Caeodd Christina ei llygaid am ennyd i werthfawrogi'r harmoni a'r distawrwydd a fyddai'n dyfod ar ei ôl. Ond ni pharodd y llonyddwch yn hir ac ni fyddai hithau'n cael cysgu am dipyn eto chwaith. Cododd gornel llen ei hystafell i giledrych ar yr ardd a gwylio'r lleuad lawn yn cuddio rhwng y cymylau. Ac wrth i'r adar dewi, clywodd injan car yn tanio.

Adagio

Yn esmwyth a chysurus

Roedd agorawd mis Mawrth ar ben a gellid clywed alawon y gwanwyn yn glir trwy awyr fwyn mis Ebrill. Suai'r gwenyn yn feddw wrth ymdrochi ym mhaill y clychau gleision, ac roedd cân y ddrudwen a'r aderyn du yn fwy siriol wrth iddynt gyflenwi eu nythod. Dyma'r gwanwyn ar ei orau.

O'r diwedd gallai Mrs Jenkins symud ei phaned boreol o'r gegin i'r ardd. Roedd gwylio'r gwanwyn yn beth hyfryd – lliwiau'r blodau yn dechrau dyfnhau wrth i ysgafnder y briallu a'r eirlysiau gilio i wneud lle i'r tiwlipau a'r irisau yn eu gogoniant coch a phorffor. Ond roedd rhywbeth arbennig iawn yn y tymor hwn hefyd wrth i Mrs Jenkins, ar ei phatio bach, eistedd a gwrando.

Roedd y golau'n fwynach yn y bore, ac er bod angen iddi wisgo siwmper drwchus o hyd, teimlai'r heulwen yn dwym ar ei bochau gwelw. Crwydrodd Tinsel trwy dwll yn y llwyn eithin ac ar draws y cerrig sarn cyn neidio i fyny i'r gadair wag wrth ymyl Mrs Jenkins. Wedi'r cyfan, roedd hi'n eistedd yn y man cynhesaf ar yr adeg honno o'r dydd.

Wrth fwytho'r gath gysglyd y tu ôl i'w chlust, clywodd

Mrs Jenkins injan car yn nesáu ac yn diffodd ar y stryd. Fe sylwai hi'n aml ar synau cyfarwydd holl geir ei chymdogion. Cacoffoni moduron Pen y Cae. Roedd hi'n eu hadnabod i gyd. Grwgnach digalon hen gar Mr Hardy. Gwichian teiars Ford Focus rhif 48 pan fyddai'n troi'n siarp ar y gornel. A su grymus cyson y car du moethus a fyddai'n oedi o dro i dro ym mhen pella'r stryd. Ai'r car hwnnw oedd yno eto fyth tybed?

Ond wrth gerdded i fyny'r stepiau wrth ochr y tŷ, gwelodd mai car Christina oedd wedi parcio'n daclus y tu fas i dŷ drws nesaf. Rhyfedd. Nid oedd Mrs Jenkins yn disgwyl ei chlywed hi mor fuan, ond gallai fanteisio ar y cyfle i siarad â hi tra bod Elis yn yr ysgol.

Chwifiodd at Christina i ddal ei sylw cyn iddi gyrraedd ei drws ffrynt.

'Dwi'n falch i'ch dala chi ar 'ych pen 'ych hunan am funed. Oes cynllunie 'da chi dros benwythnos y Pasg?'

'Dim byd arbennig. Ma'r ganolfan hamdden ar gau, felly sdim nofio. Byta crempog siocled yn y bore yw'r unig draddodiad yn 'yn tŷ ni. Pam?'

'Hoffech chi ddod draw ata i bnawn dydd Sul, ar ôl i fi ddod gatre o'r capel? Dwi 'di paratoi syrpréis bach i Elis, a bydd rhyw bethe bach blasus 'da fi i ni fyta hefyd.'

Gwenodd Christina'n fwyn a theimlai'r pentwr o bapurau yn ei breichiau'n ysgafnach rywsut.

♪

Profiad rhyfedd oedd cnocio ar ddrws ffrynt Mrs Jenkins. Teimlai Elis fel petai'n gwneud rhywbeth twyllodrus trwy beidio â defnyddio gât yr ardd. Ac eto, dyna roedd e'n ei wneud mewn ffordd. Nid oedd wedi dweud wrth ei fam am ei ffordd gudd o fynd i mewn i ardd drws nesaf. Roedd e am gadw'r gyfrinach honno am y tro.

Ciciai Elis ei sodlau wrth aros am ateb. Roedd ei fam wedi mynnu ei wisgo mewn trowsus smart ac roedden nhw'n cosi. Ond am ryw reswm roedd hi'n hapus iddo wisgo *trainers* yn lle ei sgidiau ysgol glân. Edrychai ei fam yn wahanol iawn hefyd. Gwisgai ffrog flodau las, ei gwallt wedi'i glymu'n daclus â rhuban uwch ei phen ac yn llifo i lawr cefn ei gwddf. Doedd e ddim yn cofio'r tro diwethaf iddo weld ei fam mewn ffrog.

O'r diwedd ymddangosodd Mrs Jenkins wrth ochr ei thŷ i'w croesawu'n frwd.

'Helô! Pasg Hapus! Ro'n i'n aros amdanoch chi mas y cefen. Dewch trwodd, dewch trwodd.'

Arweiniodd hithau'r ffordd ar hyd ochr y tŷ, i fyny un set fer o risiau ac i lawr set hirach i'r ardd gefn.

Ar fwrdd metel crwn y patio bach roedd Mrs Jenkins wedi gosod holl elfennau hudolus te prynhawn: brechdanau caws a rhai ciwcymbr, tarten ffrwythau, teisennau croes â menyn a chacen siocled fawr. Safai dau gwpan tsieina tenau yn barod i offrymu'r te, fel petalau gwyn y magnolia yn cynnig eu neithdar i'r gwenyn. Ond eto, er i Elis weld y gwydr i'w sudd afal, dim ond dau blât bach oedd ar y bwrdd, dwy lwy a dwy fforc.

'Ond beth amdanoch chi, Mrs Jenkins?' gofynnodd Elis yn ddiniwed, pan sylwodd mai lle i ddau oedd wedi ei osod ar y bwrdd.

'Beth amdana i? Mae'r te 'ma i fi a dy fam. Mae rhywbeth arall 'da fi i ti neud.'

Plygodd ar bwys y gwely blodau a chodi'r hen fasged a ddefnyddiai hi i gasglu chwyn wrth dacluso o gwmpas yr ardd.

Ochneidiodd Elis. Allai e ddim cuddio'i siom.

'Chwynnu? Ond dwi ddim yn hoff iawn o chwynnu!'

'Wel, mae'n beth da nad chwyn byddi di'n rhoi yn y fasged 'ma heddi, 'te.'

Allai hithau ddim cuddio'i brwdfrydedd, ei llygaid yn llawn direidi. Pwyntiodd tuag at y borfa hir a oedd yn cosi cefn ei choes a chwincio ar Elis. Cerddodd Elis o'i chwmpas a gwahanu'r edefynnau hir gyda'i fysedd i ganfod wy pinc bach iawn yn nythu yno. Fe'i cododd yn ofalus gan fodio'r plisgyn bregus. Nid oedd mor llyfn ag yr ymddangosai. Gallai Elis deimlo ambell swigen yn yr haen o baent dros wy y sofliar.

'Dwi wedi eu berwi nhw, felly sdim rhaid i ti boeni gormod am eu cracio nhw. Mae ugain i ti eu ffeindio i gyd. Dyna'r un cyntaf. Mae cliwiau 'da fi os byddi di eu hangen. A bydd gwobr fach i ti ar y diwedd.'

Lledodd gwên lydan dros wyneb Elis. Gosododd yr wy yn dwt yng nghalon y fasged a rhedeg i waelod yr ardd i gychwyn yr helfa.

'Dwi'n falch iawn bod y syniad mor dderbyniol,' chwarddodd Mrs Jenkins.

'Sai'n synnu o gwbl. Dwi heb gael cyfle i neud helfa wyau iddo ers blynydde. A dyma jyst y peth i ddiddanu Elis. Rhywbeth sy'n mofyn egni a bach o chwilfrydedd.'

'Ac ychydig o feddwl creadigol!' ychwanegodd Mrs Jenkins

gan godi clawr y bowlen siwgr i ddatgelu wy wedi'i beintio'n borffor.

'Mae deg yn oedran hyfryd,' ategodd Christina. 'Ond dwi 'di dweud hynny am bob oedran hyd yn hyn. Mae e'n dal yn fachgen bach mewn sawl ffordd, ac mae ei ddiniweidrwydd yn annwyl iawn.'

Cododd Mrs Jenkins ei llaw fel arwydd nad oedd angen esbonio.

'Byddwn inne wrth 'y modd yn neud helfa fel hyn hyd yn oed yn f'oedran i!' meddai. 'Ond byddwn i'n cael trafferth cadw lan 'da Elis. Mae e 'di ffeindio dau yn barod.'

Eisteddodd y ddwy wrth y bwrdd crwn a gafaelodd Mrs Jenkins yn y gorchudd tebot gwlanog i arllwys cwpaned o de i Christina. Cymerodd y ddwy sipiau cwrtais mewn tawelwch am ychydig wrth wylio Elis yn rhedeg o naill ben yr ardd i'r llall. Mwythodd Mrs Jenkins ei sgert wrth sylwi ei bod wedi staenio'r lliw golau â chornel y gacen siocled yn ei hast i osod y bwrdd.

Daeth saib naturiol i'r sgwrs wrth i'w pwnc trafod amlycaf igam-ogamu mor chwim o'u golwg.

'Sut y'ch chi'n setlo yn y tŷ newydd? Y'ch chi 'di gorffen dadbacio?'

'Na, ddim o gwbl! Ma llwyth o focsys yn y llofft o hyd. Ma'n anodd neud y cwbl ar 'y mhen 'yn hunan a gweithio yn ystod y dydd – er bo rhywun yn cael mwy o amser dros wyliau'r Pasg. Ma'r orie'n diflannu rywsut.'

'Galla i ddychmygu.'

Rhoddodd Mrs Jenkins frechdan ar ei phlât gan alluogi Christina i wneud yr un peth heb deimlo'n anghwrtais.

'Y'ch chi 'di symud 'ma o bell?'

'Na, mae 'y ngŵr...' Oedodd a chywiro'i hunan. 'Ma tad Elis yn dal i fyw ryw ddeg milltir i ffwrdd yn Ystrad Gul. Buon ni'n byw yno ers i Elis gael ei eni. Lle braf.'

Rhuthrodd Elis atyn nhw'n sydyn gan afael yn dynn yn y fasged â'i ddwy law.

'Mam, Mam! Edrych! Fi 'di ffeindio pump yn barod!'

'Da iawn, cariad. Ti chwarter ffordd, 'te.'

Ond ni thrafferthodd Elis i aros am ateb. Roedd e eisoes yn busnesa'n brysur o gwmpas yr ardd gerrig.

Doedd Mrs Jenkins ddim wedi gwneud yr helfa'n hawdd iddo. Roedd rhai o'r wyau cyntaf mewn llefydd amlwg er mwyn rhoi tipyn o hyder iddo. Un ymysg y planhigion tomatos yn y tŷ gwydr. Un o dan y potyn plastig ben i waered o flaen rhes o botiau'r sied. Un yn nhŷ bach twt y soflieir. Ac un yn y can dŵr gwag a ddefnyddiai Elis mor aml. Ond roedd y gweddill yn dipyn mwy o her.

Aeth i chwilio trwy'r strimyn o diwlipau piws oedd wedi disodli'r cennin Pedr ac ar ôl pipo rhwng petalau dwsinau ohonynt, daeth o hyd i wy gwyrdd o'r diwedd. Cerddodd wedyn yn hamddenol ar hyd y wal gerrig hir gan wirio pob crac a thwll cyn dod o hyd i wy o'r un lliw llwyd yn cuddio'n ddwfn rhwng dwy garreg onglog.

Er i Elis ruthro i ganfod y rhai cyntaf a gwirioni wrth i'r casgliad gwerthfawr dyfu yn y fasged, fe'i ffeindiodd ei hun yn oedi ychydig wrth nesáu at ddiwedd y ras. Roedd e'n mwynhau ei hunan. Yn mwynhau dirgelwch a chyffro'r helfa. Nid y wobr oedd ei gymhelliant, ond y gêm ei hun.

Trodd i edrych ar ei fam yn eistedd gyda Mrs Jenkins.

Roedd hi'n gwenu. Gwenu nes bod ei gruddiau llawn yn gwthio'i llygaid glas ynghau. Gwenu'n ddwfn dros ei holl wyneb. Gwên na welsai Elis ers amser hir gan ei fam.

Felly, pwyllodd yntau ychydig a meddwl yn ofalus wrth chwilota, gan fwynhau'r heulwen a'r hwyl.

'Ydych chi'n byw ym Mrynheulyn ers amser hir?' gofynnodd Christina i'w chymdoges.

Nodiodd ei phen wrth gymryd teisen groes sgleiniog.

'Ers dros ddeugain mlynedd. Ond doeddwn i ddim yn disgwyl treulio cymaint o'r cyfnod yn y tŷ yma ar 'y mhen 'yn hunan.'

Troellai ei llwy de mewn cylchoedd llyfn rownd ei chwpan wrth ateb a syllu i'w berfeddion. Roedd tincial ysgafn yr arian ar y tsieina fel clychau gwynt yn awel y gwanwyn.

Cofiai Christina glywed yr un sain yng nghegin ei mam ers talwm. Roedd hithau wedi colli ei gŵr pan oedd Christina tua'r un oedran ag Elis. Dadi. Fe gofiai ei gryfder, ei wên a'i gariad. Ei fwstás blewog fel lindysyn tew a gosai ei boch gyda chusan a chwtsh. Ond erbyn hyn roedd hi'n cael trafferth cofio ei lais, a nodau ei gân. Hi a'i mam oedd ei holl deulu wedyn, ei holl fyd ers pan ddechreuodd yn yr ysgol gyfun. Doedd hi ddim wedi disgwyl bod mewn teulu o ddau eto mor fuan yn ei bywyd hithau chwaith.

'Ma'ch gardd chi mor hyfryd, Mrs Jenkins. Wir i chi.'

Edmygodd Christina holl arlliwiau'r gwyrddni o'i chwmpas wrth ddweud hyn a theimlo cywilydd am y diffeithwch diflas yr ochr arall i'r ffens.

'Galwch fi'n Ani, plis. A diolch. 'Dych chi'n garedig iawn i ddweud hynny, ond alla i ddim cymryd y clod. Fy ngŵr oedd y garddwr. Ei weledigaeth e oedd y lle 'ma. Prosiect i gadw ei ddwylo'n brysur rhwng…' Ailystyriodd. 'Prosiect i'w gadw'n brysur gatre. Dim ond trio cadw pethe yn weddol deidi ydw i, a ddim yn llwyddiannus iawn.'

''Dych chi'n neud yn dda iawn, hyd y gwela i.'

'Natur ei hun sy'n gwneud y gwaith caib a rhaw. Ond peth od yw tendio gardd rhywun arall mewn gwirionedd. Buasai'r planhigion cryfaf yn dal i dyfu heb unrhyw help 'da fi. Ond alla i ddim godde edrych ar 'i waith e'n diflannu chwaith.'

Ni wyddai Christina beth i'w ddweud, ond synhwyrai fod Mrs Jenkins am ddweud mwy, fel petai'n lleisio rhywbeth a oedd wedi'i gladdu'n ddwfn dan bridd y blodau hyfryd.

'Mae'r tymhore yn mynd a dod o hyd, a dwi'n hoff o weld yr ardd yn newid. Dwi'n hoffi clywed siâp ei halaw yn codi ac yn disgyn gyda threigl amser dros y flwyddyn. Ond mae'n f'atgoffa i'n rhy amal 'mod i yma hebddo. Er gwaetha'r holl flynyddoedd, mae'r golled yn dal yn boenus.'

Deallai Christina'n iawn. 'Dyw amser ddim yn lleddfu pob gwae.'

'Nag ydy. Weithie, mae angen rhywbeth mwy. Mae angen newid tempo.'

Estynnodd Christina am y darten ffrwythau a gosod darn ar ei phlât i lenwi'r saib yn eu sgwrs.

'Mae Elis yn arddwr naturiol 'fyd. Mae e 'di cymryd at y gwaith yn dda iawn,' ychwanegodd Mrs Jenkins.

'Ma'r bachgen 'na wrth 'i fodd yn yr awyr agored eriod. Falle bydd rhyw obaith i'n gardd newydd ni 'fyd.'

'Mae e'n gwithio'n galed ac yn dysgu'n gyflym. Ond mae e'n lleidr bach hy hefyd. Yn waeth na'r piod hyd yn oed!

Gwnaeth e fyta hanner y mefus wrth 'u casglu nhw o'r potie yn y tŷ gwydr echdoe. Doedd rhai ohonyn nhw ddim hyd yn oed yn goch 'to!'

Chwarddodd Christina. Dyna pam nad oedd e eisiau lot o swper y noson honno.

'Ie, un bach mentrus fuodd Elis eriod. Byth yn colli cyfle. Jyst fel 'i dad.'

Llithrodd y geiriau o'i cheg cyn iddi sylweddoli ei bod hi'n crybwyll Liam eto. Gwthiodd ei fforc yn ddwfn i mewn i'r darten i guddio ei lletchwithdod.

'Dyw Elis ddim yn siarad am 'i dad o gwbl.'

Nid cwestiwn oedd hwn, ond fe deimlai Christina fod angen ei ateb.

'Na, wel… Ma fe'n dwlu ar 'i dad, cofiwch. Ac ma Liam… Wel, ma'n nhw wrth 'u bodd yng nghwmni'i gilydd. Pan ma'r cyfle'n codi…'

'Mae'n siŵr 'i fod e'n brysur iawn.'

'Ydy, hynod o brysur. Ma fe'n rhedeg *start-up* sy'n datblygu ap ffôn. Ma'n nhw 'di ca'l tipyn o lwyddiant hyd yn hyn. Dwi ddim yn deall llawer am 'i waith e. Ma'n rhy gymhleth i rywun fel fi, mae'n debyg.' Rhoddodd frechdan arall ar ei phlât i gadw ei bysedd yn brysur, er nad oedd chwant bwyd arni. 'Ma fe'n falch iawn o'i waith, ond ma'r gwaith wedi creu lot o bwyse, lot o straen. Ma fe'n mynnu…'

'Amser?'

'Ie, amser.' Er nad oedd ei hateb yn swnio'n rhyw sicr iawn.

'Y peth yw,' ychwanegodd Christina, 'dwi'n deall bod gwaith fel hyn yn cymryd orie hir a'i bod hi'n anodd iddo roi 'i amser i Elis, ond wedyn… bydd e'n tueddu i ymddangos yn annisgwyl…'

Torrwyd ar ei thraws gan Elis a oedd yn awyddus i gymryd hoe o'r helfa i lenwi ei fola. Rhoddodd ei gelc gwerthfawr wrth draed ei fam ac eistedd yn swp ar un o'r ddwy gadair wag.

'Wyt ti'n barod am ambell gliw nawr?' heriodd Mrs Jenkins.

'Na, dim 'to. Dwi'n mynd i'w ffeindio nhw! Ond dwi moyn darn o gacen nawr, plis.'

Sylwodd Elis ar y darten ffrwythau ar blât ei fam, a hithau ond wedi'i phrocio â'i fforc ychydig. Edrychai'r mefus yn gochach fyth o dan sglein yr haen denau o jam.

'Ga i'r un mefus, Mam?'

Fe'i rhoddodd iddo'n fodlon iawn wrth gwrs ac wrth i'w mab frathu'r dantaith, gwaedodd sudd y ffrwythau'n sgarlad i'r cwstard a gadael olion gludog dros ei geg fel minlliw.

♪

Ni fu Elis yn hir yn cwympo i gysgu'r noson honno. Ar ôl treulio'r prynhawn cyfan yng ngardd Mrs Jenkins, roedd ei mab wedi blino'n lân. Gallai Christina fod yn sicr o lonyddwch am ychydig cyn ufuddhau i'w blinder ei hun. Fe allai gael gwydraid o win petai hi moyn. Ychydig o rosé neu merlot. Doedd dim rheswm iddi beidio. Nid oedd dim na neb yno i'w rhwystro. Ond na, dewisodd wneud te mintys i'w hudo'i hun i fyd cwsg gan fod aroglau gardd drws nesaf yn llenwi ei ffroenau ac wedi lleddfu ei nerfau.

Roedd y tecil newydd drud a brynodd hi ar frys yn Tesco ar ôl symud i'r tŷ newydd yn effeithiol mewn sawl ffordd gan arbed ynni ac arian iddi, ond fe ferwai'n boenus o araf ac yn swnllyd dros ben. Safai Christina wrth y cownter yn gwrando ar y dŵr yn byrlymu ac yn torri'r dail gwyrdd mintys a gawsai hi'n anrheg gan ei ffrind.

Wrth brysuro i wneud cwpaned o de, ni chlywodd ru yr injan yn diffodd ar y stryd. Ni chlywodd hi ei law yn gwthio'r drws ffrynt ar agor. Ni chlywodd ei sgidiau Oxford yn troedio ar draws y carped. Ni chlywodd hi ei fysedd ar ddolen drws y gegin, yn gafael yn dynn i'w dynnu tuag ato.

Ond wrth lenwi'r cwpan tsieina, â'r dŵr twym o'r tecil, fe'i gwelodd…

Lento

Yn araf, yn raddol

Roedd tymor yr haf bob amser yn llusgo i Elis. Wythnosau hir o wylio'r heulwen trwy ffenestri'r ystafell ddosbarth, yn aros am yr ysbeidiau prin o ryddid yn yr awyr agored i chwarae, i ddychmygu, i greu. Roedd e'n ysu i'r gwyliau gyrraedd. Ond roedd ymyl arian i gymylau gwynion y tymor hwn yn aros iddo gartref, sef bod galw mawr am gymorth Elis gyda dyletswyddau dyfrio drws nesaf. Ac roedd Mrs Jenkins hyd yn oed yn fodlon iddo ddefnyddio'r beipen ddŵr!

Roedd hi'n gynnes o hyd pan gyrhaeddodd Elis gartref o'r ysgol, felly penderfynodd fynd yn syth i ardd rhif 43. Taflodd ei fag at y peg dan y grisiau gan fethu â chyrraedd ei darged yn llwyr, a rhuthrodd trwy'r drws cefn heb newid ei wisg ysgol hyd yn oed.

Clywodd Mrs Jenkins glic y gât y tu ôl iddi a throi i'w groesawu gyda gwên. Roedd hi'n chwynnu, ei phengliniau'n pwyso ar glustog drwchus, het wen lipa ar ei phen, er ei bod hi'n gweithio yng nghysgod y dderwen fawr.

'Wel, mae d'amseru di'n berffeth. Cei di'n helpu i i neud y jobyn nesa.'

Petrusodd Elis cyn ildio, braidd yn siomedig.

'Helpu fi i godi, ro'n i'n meddwl,' chwarddodd. 'Er bod y glustog yn meddalu'r penlinio, diflas 'ma, mae 'nglinie i'n sownd ynddi nawr!'

Estynnodd Elis ei fraich iddi ac fe roddodd hithau ei llaw dde ar y wal gerrig hefyd i'w chydbwyso. Gwingodd ychydig wrth symud ei phwysau i'w choes chwith.

'Wyt ti moyn bwyd? 'Nes i frechdane caws i ginio ond roedd gormod ohonyn nhw i fi. Ro'n i'n meddwl y byddet ti'n hoffi cael un neu ddwy ar ôl diwrnod prysur yn yr ysgol.'

'O, ydw plis! Do'dd dim bisgedi 'da Mam a fi'n starfo!'

'Cer di i'w nôl nhw, 'te. Maen nhw ar fwrdd y gegin. Dyw 'nghoese i ddim yn barod i wynebu'r stepie 'na 'to.'

Wnaeth Elis ddim oedi i ddweud diolch hyd yn oed. Tatws wedi berwi oedd i ginio yn yr ysgol heddi, gyda ffa pob, cyfuniad anfaddeuol, felly roedd e'n marw eisiau bwyd! Llamodd i fyny'r grisiau gan gymryd dwy stepen ar y tro a rhedodd at ddrws cefn y tŷ.

Mae'n anodd gwybod beth roedd Elis yn ei ddisgwyl wrth gamu i dŷ Mrs Jenkins am y tro cyntaf. Efallai rhywbeth yn debyg i'r hyn a gofiai am gartref ei fam-gu pan oedd yn bump neu chwech oed. Tŷ Gu-gu. Carpedi patrymog wedi pylu; setî melfedaidd hen-ffasiwn; ffotograffau di-ri mewn cybolfa o fframiau ar bob arwyneb; chwiban hen decil yn berwi'n araf, a grwnian parhaus y teledu, oedd flewyn yn rhy uchel.

Roedd y lle yma'n arogli'n debyg rywsut. Aroglau pobi bara, te mintys a sebon. Ond dyna'r unig debygrwydd. Roedd ei drwyn yn twyllo'i gof. Roedd y cartref hwn yn wahanol iawn i fyngalo syml Gu-gu. Oedd, roedd y tŷ yn fwy wrth reswm. Estynnai'r gegin hir ar draws cefn yr holl dŷ, pelydrau o heulwen yn rhaeadru trwy'r ffenestri llydan. Roedd hi'n gegin gynnes, braf â chypyrddau derw a waliau lliw melynwy. Edrychai popeth mor dwt a thaclus. Lle i bopeth a phopeth yn ei le. Yr unig brysurdeb oedd rhyw gwtsh coginio wedi'i osod yn y wal wrth ymyl y ffwrn â rhesi hir o lyfrau ryseitiau a jariau gwag yn barod i'w llenwi â jam.

Roedd y lle yn rhyfedd o dawel. Wrth gau'r drws y tu ôl iddo, llwyddai'r tawelwch tu fewn i gladdu synau byw yr ardd. Yr unig beth a dorrai ar y distawrwydd oedd tician metronomaidd cloc wyth niwrnod a warchodai waelod y grisiau.

Roedd y brechdanau caws ar blât ar y bwrdd, wedi'u lapio mewn ffoil, ond wrth estyn i'w codi, daliodd rhywbeth arall ei sylw. Trwy gil y drws i'r dde, gallai weld ymyl piano unionsyth, lliw siocled tywyll. Aeth yn nes at y drws yn reddfol a'i wthio'n ysgafn i'w agor yn ofalus. Darllenodd y llythrennau bras aur dros ganol yr offeryn crand: C. Bechstein. Onid Jenkins oedd ei chyfenw?

Sylwodd Elis fod haen lychlyd rhwng yr addurniadau dros dop y piano, ac roedd y clawr caeëdig wedi'i orchuddio gan bentyrrau blêr o bapurau a llyfrau erwydd. Roedd Elis wedi dysgu darllen cerddoriaeth yn yr ysgol, ond ni allai adnabod y caneuon o weld y nodau du ar y ddalen wen yn unig. Sêr duon mewn awyr gwyn. Roedd angen eu chwarae.

Roedd yr ystafell hon yn fawr ond yn orlawn. Dyfalodd nad oedd Mrs Jenkins yn gwneud llawer o ddefnydd ohoni gan nad oedd teledu ynddi, na dim lle i eistedd hyd yn oed. Roedd bwrdd mawr hirsgwar yng nghanol yr ystafell ac ambell gadair o'i gwmpas, ond fe guddiai pentwr o bapurau neu focs pob sedd. Teimlai'r ystafell dipyn yn fwy tywyll na'r gegin a sylwodd fod y llenni blodeuog ar gau.

Roedd hyd yn oed waliau'r ystafell hon wedi eu gorchuddio. Ar ben y paent gwyn plaen hongiai posteri lliwgar mewn ieithoedd estron â lluniau o adeiladau crand. Doedd Elis ddim yn deall y geiriau, ond roedd e'n adnabod enwau rhai o'r dinasoedd: Théâtre des Champs-Elysées, Paris; Palazzo Camozzini, Verona; Musikhalle, Hamburg. Roedd rhai anghyfarwydd hefyd.

Yng nghornel dde'r ystafell wrth ymyl y ffenest safai cabinet yr un lliw â'r piano ac iddo wyneb o wydr. Roedd amser wedi staenio'r arwyneb llyfn. Yn y llwyd-olau roedd hi'n anodd gweld ei gynnwys, ond gallai Elis synhwyro ei fod yn dal rhywbeth gwerthfawr. Roedd y chwilfrydedd yn ormod iddo, felly camodd yn ofalus at y cabinet, fel pe bai'n ofni dihuno'r ystafell ei hun, yn ofni torri ar ddistawrwydd y gerddoriaeth a gysgai'n fud dan y cloriau. Fe wyddai na ddylai fod yn crwydro, na busnesa, a bod rheswm da iawn dros gadw rhai pethau'n breifat. Dywedai ei dad bob amser fod gan bawb hawl i gadw eu cyfrinachau. Hawl i gadw'n dawel. Ond roedd hi'n anodd ymwrthod â'r awydd i wybod, yr awydd i ddeall a gwrando a gweld.

Cododd gornel y llenni agosaf a phelydrodd rhuban o oleuni o'r ffenest gan gynnig llwyfan i'r llwch ddawnsio fel pili-palod yn awel yr haf. Ac wrth i'r goleuni anwesu'r guddfan, gallai Elis weld sawl peth sgleiniog yn adlewyrchu'r heulwen. Fe edrychent fel hen ddarnau arian i gychwyn, trysorau môr-ladron o ynysoedd pellennig. Ond wrth edrych yn agosach arnynt, sylweddolodd Elis mai medalau oedden nhw. Gwobrau. Anrhydeddau. Ac ar y silff uchaf un, rhyw fodfedd yn uwch na'i dalcen, safai tlws arian hardd wedi'i addurno'n gywrain. Safodd Elis ar flaenau ei draed i geisio darllen yr ysgrifen fân wedi'i hysgythru ar draws ei ganol a phwysodd ei gorff yn erbyn blaen y cabinet.

'Dyma ble'r wyt ti, ife?'

Dihunodd y llais Elis o'i ryfeddod a baglodd ychydig wrth golli ei gydbwysedd. Bu bron iddo rwygo'r llenni yn ei law. Trodd yn nerfus i weld Mrs Jenkins wrth ddrws yr ystafell, ei llaw yn mwytho clawr y piano heb feddwl.

'Sori. 'Nes i weld y piano ac o'n i moyn... Sori.'

Nid atebodd hithau'n syth a doedd Elis ddim yn gwybod ai siom neu dristwch oedd wrth wraidd y tawelwch. Oedd hi'n grac, tybed?

'Wyt ti'n gallu canu'r piano?' gofynnodd hi'n annisgwyl.

'Ma Mam moyn i fi ddysgu felly fi'n... trio.'

Edrychodd y ddau ohonynt ar y piano am ennyd.

'Y'ch chi'n chwarae'r piano?'

'Nag ydw. Wel, ydw, 'chydig bach, ond ddim yn dda iawn. Byddi di'n well na fi, siŵr o fod.'

Crychodd Elis ei aeliau i ddangos ei benbleth ac fe ddeallodd Mrs Jenkins ei ymateb diniwed.

'Pianydd oedd Mr Jenkins, fy ngŵr. Un da iawn hefyd.'

Meddyliodd Elis am y cabinet a throi yn ôl i edrych ar ei drysorau eto.

'Rhai Mr Jenkins ydyn nhw? Nath e ennill lot o wobre, ma'n rhaid?'

Petrusodd Mrs Jenkins eto. Pendiliodd y distawrwydd rhyngddynt yn yr awyr llychlyd.

'Wel, do, mewn ffordd.'

Crychodd Elis ei aeliau eto.

'Ro'dd Mr Jenkins yn canu'r piano i fi. Bydde fe'n cyfeilio i fi pan fyddwn i'n canu.'

'O!' Edrychodd Elis eto ar y posteri a addurnai'r waliau, eu lliwiau dengar wedi dechrau melynu. Ac yng nghanol pob un, mewn llythrennau bras, roedd yr un enw: Anita Rosa.

'Felly, ry'ch chi'n canu?'

'*Ro'n* i'n canu,' cywirodd Mrs Jenkins.

Doedd Elis ddim yn deall. Beth sy'n newid mewn llais?

'Ond dw i ddim yn canu nawr,' ychwanegodd.

'Pam?' Roedd y cwestiwn mor syml, mor ddidwyll, fel ei bod hi'n anodd iddi beidio â'i ateb.

'Dw i ddim yn mwynhau canu erbyn hyn.'

'Pam?'

Eto, teimlai fod yn rhaid iddi adlewyrchu ei onestrwydd.

'Roedd canu yn bwysig iawn i fi ar un adeg. Ro'n i'n cael pleser mawr o berfformio. Mae canu alaw fel gweud stori, fel rhannu darn o'ch stori chi 'ych hunan. Ond 'y ngŵr i, Mr Jenkins, o'dd yn cyfeilio. Ro'dd e'n rhan fawr o'r stori honno, rhan bwysig. A phan fu e farw, ac ynte'n dal yn ddyn ifanc, ro'n i'n teimlo fel tase calon y gerddoriaeth wedi diflannu, a 'nghalon inne 'fyd.' Trodd hi ei golygon unwaith eto at yr offeryn, y pren tywyll yn esmwyth ond yn oer o dan ei bysedd. 'Does dim harmoni hebddo,' dywedodd wrthi hi ei hun efallai yn fwy nag wrth Elis.

Yna, cofiodd Mrs Jenkins pam eu bod nhw wedi dod i mewn i'r tŷ.

'Dere i ga'l dy frechdane. Roeddet ti'n hanner llwgu pan 'nes i gynnig nhw i ti.'

Eisteddodd Elis wrth fwrdd y gegin a bwyta'r frechdan yn awchus tra aeth Mrs Jenkins ati i wneud te. Doedd Elis ddim yn deall pam bod y ddefod o wneud cwpaned o de mor bwysig. Dyna a wnâi ei fam hefyd, pryd bynnag y byddai'n digwydd mynd i'r gegin. Fel ffordd o atalnodi ei diwrnod, i arafu ei symudiadau a'i feddyliau.

'Mrs Jenkins... ydych chi'n enwog? Gan fod cyment o wobre 'da chi, rhaid bo lot o bobl 'di clywed chi'n canu.'

'O na, na,' chwarddodd hithau. Chwerthiniad bach chwithig. 'Fyddwn i byth yn dweud 'mod i'n enwog. Ddim hyd yn oed pan o'n i'n cystadlu. Ond rwyt ti'n iawn i feddwl bod llawer o bobl wedi 'nghlywed i'n canu. Byddai cynulleidfaoedd mawr yn dod i wrando ar rai o'r cystadlaethe ac yn dod i gyngherdde, yn enwedig i gyngherdde yn yr Almaen a'r Eidal.'

'Chi wedi canu yn yr Eidal!'

Doedd Elis ddim wedi bod yn yr Eidal ond roedd wedi clywed llawer am deithiau ei dad gyda'i waith. Ni wyddai unrhyw beth am gerddoriaeth glasurol, ond yn ei olwg ef, roedd Mrs Jenkins eisoes wedi cyrraedd pinacl y byd cerddorol trwy berfformio yno.

'Do, sawl gwaith. Mae atgofion hyfryd iawn 'da fi o berfformio yn yr Eidal. *Il Bel Paese*. Llwyddes i a Mr Jenkins i ddysgu ychydig o Eidaleg hyd yn oed. Dwi'n cofio un cyngerdd penodol bob tro dwi'n meddwl am yr Eidal. Cyngerdd yn Verona. Perfformiad yn hwyr y nos yn yr awyr agored.'

Daeth Mrs Jenkins i eistedd gyferbyn ag Elis gan ddal ei

chwpan. Roedd hi'n ymgolli yn ei stori, fel petai'r gynulleidfa frwd yn ymddangos o'i blaen unwaith eto.

'O'dd hi'n ganol haf ac er bod y sêr yn addurno'r llwyfan o'n cwmpas ni, ro'dd yr awyr yn dwym o hyd. Mae Verona yn ddinas hardd iawn gyda phob math o bethe diddorol a blasus yn cael 'u cynnig yno! Ro'n i a Mr Jenkins 'di bod yn crwydro trwy'r dydd cyn dychwelyd i'r gwesty i baratoi at y perfformiad. Cawson ni groeso cynnes iawn gan y gynulleidfa, ond yn adran ganol yr aria, dechreuodd cyfeiliant Mr Jenkins arafu'n annisgwyl. Cymres i gip sydyn arno fel tasen i'n estyn am ddiod o ddŵr a gweld bod rhyw broblem gyda'r gerddoriaeth. Fe lwyddodd e i berfformio'r rhan nesa o'i gof, chwarae teg iddo, gan fod yr hufen iâ siocled roedd e 'di'i fwynhau gymaint y pnawn hwnnw wedi glynu rhai o'r tudalenne wrth 'i gilydd! Buodd e'n fwy gofalus gyda'i gerddoriaeth ar ôl hynny, ond wnaeth e ddim stopio mwynhau 'i hufen iâ!'

Teimlad chwerw-felys oedd rhannu'r stori hon gydag Elis. Stori nad oedd wedi ei chrybwyll wrth neb ers blynyddoedd. Roedd y gerddoriaeth honno gan Mrs Jenkins o hyd yn cuddio yn stôl y piano, a dwy gornel ludiog wedi'u rhwygo yn brawf o wirionedd yr hanesyn. Fe swniai'r aria honno'n hollol wahanol iddi byth wedi hynny. Gallai glywed y *gelato* pan ganai hi. Ond mater arall fyddai rhannu'r gân oedd ynghlwm â'r stori.

Daliai'r gwahoddiadau i ganu i ddod iddi am gyfnod. Cyngerdd yn Awstria. Gŵyl Gerddorol yn Ffrainc. Fyddai hi'n ystyried cystadlu yn yr Eisteddfod eto tybed, gan fod Mr Jenkins ei hun mor gefnogol i'r sefydliad? Roedd e wedi gadael rhodd hynod o hael i gefnogi gwobrau'r Rhuban Glas, wedi'r cyfan. Na, ddim eleni, na byth eto chwaith.

Diflannodd y ceisiadau gydag amser a disgynnodd tawelwch llethol drosti hi a'i chartref. A chyn hir, nid oedd angen iddi boeni rhagor sut y gallai ymddiheuro am ei galar. Ond nawr, dyma Elis yn cynnig gwahoddiad o'r newydd iddi i rannu ei hanesion a'i hatgofion ac yn sicr fe gâi wrandawiad brwd ganddo fe.

Gwrandawodd Elis ar straeon Anita Jenkins am oriau y prynhawn hwnnw. Storïau am fynd i'r theatr anghywir yn Salzburg; am adael ei siwtces mewn gwesty ym Marseille; am deithio ar gwch am wythnos gyfan i berfformio yn Efrog Newydd; clywodd am y cyffro a'r antur a'r hwyl. Yng nghegin gynnes rhif 43 Pen y Cae, fe arweiniodd Mrs Jenkins ei chyfaill o dan borticos Bologna i guddio rhag y glaw; i deithio ar hyd camlesi Amsterdam a thros bontydd Avignon, ac i fwynhau bwrlwm caffis Brwsel ar noson hyfryd o haf. Er bod yr haul yn dal i chwerthin drwy'r ffenestri llydan wrth i Elis eistedd yn llonydd yn gwrando'n astud ar y straeon diddorol, ni theimlai bellach fod amser yn llusgo.

Affrettando

Yn rhuthro, yn enbyd

Dihunodd Elis yn sydyn ac eistedd i fyny yn ei wely. Roedd dagrau o chwys wedi ffurfio dros ei dalcen a theimlai'r awyr yn drwm a swrth gan ei bod hi'n noson mor dwym. Roedd rhywbeth o'i le. Edrychai cynfasau amryliw ei wely yn llwyd yng ngolau gwan y nos: cysgodion planedau dros ofod y cwilt. Synhwyrodd Elis fod rhywbeth wedi'i ddihuno ac yna fe'i clywodd. Sŵn cnocio yn dod o waelod y grisiau, y rhythm yn anwastad.

Cododd o'r gwely a chrwydro'n ofalus ar hyd y coridor at ystafell ei fam. Roedd hithau'n eistedd ar gornel gwaelod ei gwely, ei breichiau'n pwyso ar ei phengliniau a'i hwyneb yn ei dwylo. Syllai'n syn at y ffenest. Roedd hi'n dal i wisgo'i chrys piws a'i jîns ac roedd bysedd ei thraed yn bodio'r carped tenau. Rhaid ei bod wedi cwympo i gysgu yn y gadair eto heno.

Wrth glywed y llawr yn crecian dan ei draed, trodd hithau i'w wynebu.

'Ma popeth yn iawn, cariad,' gwenodd arno. 'Cer 'nôl i'r gwely.'

Roedd hi'n ceisio'i gorau glas i swnio'n fwyn a

hunanfeddiannol, fel ei llais wrth ddarllen stori amser gwely iddo, ond sylwodd fod ei llais yn crynu ychydig heno.

'Christina!'

Clywodd Elis lais ei dad yn bloeddio y tu fas, ac yna atseiniai sawl curiad caled arall ar eu drws ffrynt.

'Chris-TIN-A!'

Roedd fel petai'r gri yn straenio o berfeddion ei fola.

Camodd Elis tuag at y ffenest i weld sut olwg oedd ar ei dad, ond cydiodd ei fam yn ei fraich i'w rwystro, heb edrych arno. Fe ddeallodd Elis.

Anaml y byddai ei dad yn gweiddi o'i flaen. Doedd ei lais ddim yn dyner fel un ei fam, ond eto, fel arfer, byddai cysur yn ei draw isel. Siaradai'n araf ac yn bwrpasol, a doedd dim angen codi ei lais yn uchel i gyfleu ei fod o ddifri. Roedd grym i'w nodau bas. Ac eto, byddai'n gweiddi, pan fyddai rhywbeth wedi'i wthio i'r pen ar ôl dadlau am yn hir a chael ei anwybyddu. Bryd hynny, byddai pawb yn clywed ei ddadleuon yn hollol eglur. Byddai tensiwn a dychryn yn gymysg yn ei eiriau. Ar yr adegau hynny, doedd dim angen i Elis weld wyneb ei dad i ddeall ei fod wedi colli ei amynedd a'i fod wedi mynd dros ben llestri. Gallai deimlo'r dagrau'n ffurfio yn ei lygaid wrth glywed y cynddaredd yn corddi. Roedd Elis wedi dysgu yn gyflym i beidio â chwarae â thân.

Clywson nhw sŵn crac ar y dreif yn atseinio dros y stryd wag a llais yn mwmian melltithion yn aneglur. Roedd ei dad wedi cwympo dros y pot rhosyn ar stepen eu drws ac wedi ei dolcio, mae'n rhaid.

Rhoddodd Elis ei law ar ysgwydd ei fam fel y gwnâi hi i'w gysuro ef. Lapiodd hithau ei bysedd o gwmpas ei law yntau ac edrych i fyw ei lygaid blinedig. Roedd ei ddwylo'n fwy na'i rhai bach hi erbyn hyn.

'Ma'n rhaid 'i fod e wedi bod mas gydag Wncwl Nathan eto ac wedi aros yn ei gwmni yn rhy hir, 'na i gyd. Fe wneith e dawelu nawr mewn munud neu ddwy, cei di weld.'

Ai darbwyllo Elis neu hi ei hun roedd hi?

Ie, wedi treulio'r prynhawn gyda Nathan yn y Cross Inn nes iddyn nhw gael eu taflu mas o'r lle. Roedden nhw'n gwybod y drefn.

Daeth gwaedd o'r stryd eto.

'Ateba fi, Chris!'

Trodd ei fam i gyfeiriad y llenni caeëdig wrth glywed tymer ei dad yn codi, ei bysedd yn tynhau eu gafael ar law Elis am eiliad.

Sylwodd Elis ar y newid.

'Mam, ni ddim yn galler aros 'ma.'

'Na, ma pob dim yn iawn, cariad. Ry'n ni'n saff 'ma. Ma popeth yn iawn.'

Tri churiad arall. Â dyrnau y tro hwn.

'Christina! Fi moyn siarad 'da ti!'

Edrychodd Elis ar ei fam a oedd yn dal i wylio'r ffenest. Ei hwyneb yn wag.

'*Come on! Don't be a bitch! Open the door!*'

Gwingodd Elis. Roedd y rhegi'n newid siâp ei lais e hefyd, fel y byddai'n newid llais ei fam. Er, doedd Elis ddim wedi ei glywed yn galw enw cas ar ei fam o'r blaen.

'Mam, gwranda,' ymbiliodd arni.

'Elis, dyw Dad ddim yn galler dod miwn. Ry'n ni'n saff yn y tŷ.'

A gyda hynny, fe wawriodd y realiti arno. Ton o euogrwydd ac arswyd yn dymchwel drosto wrth gofio'u sgwrs yn y car am y landlord, y ffôn a'r ffenest.

'Ond, Mam...'

'Cer nôl i'r gwely, cariad.'

'Ond...'

'Bydd e'n blino gweiddi mewn muned ac yn mynd i gysgu yn y car. Cei di weld.'

'Mam, mae e'n galler dod miwn!'

'Na, dyw e ddim. Sdim angen i ti boeni.'

'Ond, y ffenest, y ffenest!'

Gafaelodd Elis yn ei braich a'i thynnu ato'n gadarn fel petai'n ceisio'i dihuno o hunllef.

'Mam! Gwranda. Mae e'n gwbod am ffenest y lolfa.'

Aeth popeth yn hollol fud am ennyd. Un curiad gwag. Gwelodd Elis oerni gwelw yn tynnu'r gwaed o wyneb ei fam.

Dim ond munudau oedd ganddyn nhw. Eiliadau efallai. Cyn i niwl y cwrw a'r wisgi a'r jin glirio digon i adael llinyn tenau o oleuni i'w gof. Eglurder. Datrysiad. Gallai agor ffenest y lolfa o'r tu fas. Gyda chic bach i'r ffrâm lac, gallai ddringo i mewn i'r stafell ffrynt. Gallai faglu dros y den blancedi ac anelu am y coridor. Gallai gydio yn y banister i ennill cydbwysedd, dringo'r grisiau'n sigledig, stompio ar hyd y landin a'u ffeindio nhw yn eu gwlâu. O fewn munudau. Eiliadau.

Trodd yr ofn yn banig. Edrychodd ei fam o'i chwmpas yn wyllt gan symud ei holl gorff o'r naill gyfeiriad i'r llall. Oedd hi'n edrych am rywle i guddio? Rhywbeth i'w ddefnyddio i'w hamddiffyn ei hun ac yntau? Doedd hi ddim yn gwybod chwaith lle i droi!

'Drws nesa,' cynigiodd Elis gan sibrwd nawr yn gynhyrfus.

'Beth? Na, na. Allwn ni ddim mynd mas i'r stryd. Bydd e'n ein gweld ni.'

'Trwy'r drws cefen. Mae gât ar waelod yr ardd sy'n mynd i ardd drws nesa.'

Edrychodd ei fam arno'n syn am eiliad, cyn cofio nad y gyfrinach honno oedd yn bwysig nawr. Yna, yn sydyn, gafaelodd yn ysgwyddau Elis. Edrychai yn rhyfedd o ddigynnwrf wrth syllu ar ei wyneb. Roedd hi am ddarllen ei ymateb yn glir. Roedd rhaid gweld a chlywed y gwir.

'Ydy Dad yn gwbod am Mrs Jenkins?'

Anadlodd Elis yn ddwfn.

'Nag ydy,' atebodd heb unrhyw awgrym o amheuaeth, a dechreuodd ei harwain mas o'r stafell wely, yn dawel a chyflym.

Gan sylwi bod Elis yn ei byjamas, cipiodd ei fam siwmper o'r pentwr dillad brwnt ar y landin a'i thaflu dros ei ben cyn iddyn nhw droedio'n ofalus i lawr y grisiau.

Dau guriad trwm arall.

Rhewodd y ddau wrth gyrraedd y grisiau isaf. Roedd y sŵn yn ddychrynllyd o uchel wrth ddrws y cyntedd. Ond doedd ei dad ddim wedi cofio am y ffenest hyd yn hyn.

'Chris, plis. Fi jyst moyn siarad.'

Roedd ei lais yn daer, yn druenus. Pwysau ei holl gorff yn swp yn erbyn y drws. Roedd Elis bron yn ei bitïo. Doedd e ddim yn gwybod eu bod nhw'n sefyll yno, mor agos ato. Eu calonnau'n carlamu a'u hanadl yn gaeth yn eu brestiau. Allai e eu clywed nhw?

Rhoddodd ei fam hwb bach iddo fel arwydd iddo symud yn ei flaen, a throdd Elis ei gefn ar y drws ac ar ei dad.

Tri churiad cadarn. A'r tempo'n cyflymu.

'Chris-TIN-A!'

Trodd yr anobaith yn llais ei dad yn ddicter.

Dechreuon nhw frysio wrth sylweddoli bod amser yn fwy gwerthfawr na thawelwch. Edrychodd ei fam yn ôl unwaith eto fel petai'n dianc rhag ei chysgod gan sathru roced blastig dan droed cyn agor drws y gegin.

Ond wrth gyrraedd y drws cefn, sylwodd Elis ar y tawelwch hwnnw roedden nhw wedi dewis ei aberthu. Y llonyddwch. Y distawrwydd amheus. Chwiliodd ei fam yn y bowlen allweddi heb lwyddo i ffeindio'r un gywir yn ei hofn ac oedodd Elis, un droed mewn weli a'i ddwylo dros y llall.

Roedd e wedi cofio.

'Aha!' Chwifiodd ei fam allwedd y drws cefn yn orfoleddus a sylwodd ar wedd welw Elis.

Roedd rhaid dianc nawr.

Doedd hi ddim am oedi i glywed sŵn y ffenest yn agor na breichiau Liam yn estyn i mewn i'r lolfa ac amdani hi. Gwthiodd yr allwedd i mewn i'r clo, ei llaw dde'n dal i grynu, diffoddodd y golau a thaflu Elis trwy'r drws â'r weli chwith yn dal yn ei law o hyd. Taniodd ei synnwyr cyffredin ddigon iddi sylweddoli bod angen cloi'r drws y tu ôl iddyn nhw a chuddiodd yr allwedd ym mhoced ei jîns. Nodiodd at Elis. Gallai arwain y ffordd i'r gât gyfrinachol.

Sleifiodd y ddau ar hyd y lawnt tuag at y sied, y glaswellt

hir yn siffrwd wrth afael yn eu sgidiau. Doedd dim syniad gan Elis faint o'r gloch oedd hi. Roedd y nen yn dywyll a'r sêr yn disgleirio heb yr un cwmwl i'w cuddio. Gorffwysai caenen o olau llwyd fel niwl dros y gorwel. Machlud haf yn y nos. Dim ond lleuad fain a grogai yn yr awyr, ond lluchiai lampau'r stryd eu golau rhwng muriau'r cartrefi a gallai'r ddau weld eu ffordd yn glir hyd at waelod yr ardd. Ond roedd hi'n anodd gweld dim yn y cysgodion trwchus a lenwai'r bwlch y tu ôl i'r sied.

Wrth gyrraedd y gât, gwthiodd Elis frigau'r llwyni i'r naill ochr ac ymbalfalu am y glicied yn y düwch. Cadwodd Christina ei golwg ar y llwybr y tu ôl iddynt gan geisio ymddiried yn ei mab. Teimlai Elis ei galon ar garlam eto wrth i'w fysedd fethu â dod o hyd i'r caead. Fe'i ffeindiodd o'r diwedd a cheisio tawelu ei nerfau fel y gallai godi'r glicied yn bwyllog. Ond er gwaetha'i ofal, gwichiodd yr hen gât fel petai mewn poen.

Rhewodd y ddau.

Ai'r gwichian oedd yr unig beth i'w glywed? Oedd sŵn y gât wedi cuddio'r synau eraill? Sŵn curo, torri, chwilio? Roedd llais Liam wedi tewi'n llwyr.

Gafaelodd Christina ym mraich Elis y tro hwn a'i dynnu trwy'r gât ar frys. Daliodd ei gwynt wrth ei chau a throi i edrych ar ei mab. Cododd ei bys yn araf i'w cheg. Doedd hi ddim yn crynu nawr.

Syllodd y ddau o'u cwmpas cyn mentro'n ddyfnach i mewn i'r ardd. Oedden nhw ar eu pen eu hunain? Roedd hi'n anodd ymddiried yn y distawrwydd.

Edrychai gardd Mrs Jenkins yn wahanol yn y tywyllwch.

Roedd siâp y planhigion yn anghyfarwydd yn eu llwydni. Teimlai'r dderwen yn dalach rywsut, yn wir yn ormesol. Doedd dim cysur yn ei chysgod gyda'r nos.

Gwelodd Elis amlinell cath ddu yn symud yn ddi-sŵn ar draws y wal gerrig. Safodd yn stond wrth synhwyro eu presenoldeb. Sgleiniai ei llygaid gwyrdd yn y düwch. Ei chrafangau'n tynhau o dan flew ei phawennau. Hongiai rhywbeth yn llipa o'i cheg. Creadur. Aderyn. Roedd hithau hefyd wedi cael ei dal yn hela.

Troediodd y ddau yn ysgafn gan geisio cadw at y darnau cysgodol. Roedd rhannau o ardd Mrs Jenkins yn weladwy o'r stryd ac o lawr top eu tŷ nhw. Y cerrig sarn yn cynnig llwybr rhy glir yn yr awyr agored. Ble roedd ei dad erbyn hyn?

Gwrandawodd Elis yn astud ar y tawelwch. Doedd dim sŵn curo. Dim trwst. Dim twrw. Dim gweiddi. Ni chlywai Elis yr un smic o'u cartref anghyfannedd. Roedd yr ychydig glydwch a sicrwydd a fagwyd ynddo dros y misoedd diwethaf wedi'u chwalu mor hawdd, mor gyflym. Ni allai glywed ei dad oddi mewn i'w gartref yn baglu ei ffordd lan y grisiau, gan regi wrth gwympo a chanfod eu gwlâu yn wag ond yn dwym.

Wrth ganolbwyntio, fe glywodd y rhaeadr fechan yn hisian yn ei syched, fe glywodd ddafad yn brefu yn y gwres ac fe glywodd tship, tship, tship nerfus o gawell y soflieir. Eu pryder yn amlwg o'u switian stacato. Pryder aflonydd, disgwylgar. Roedd rhywbeth yn agosáu, yn agosach. Yn agos iawn.

Dychrynwyd y ddau gan siffrwd y brigau, ond roedd y gwir ddychryn i ddod o hyd. Sŵn drws yn agor. Sŵn traed yn camu. O'r tu ôl? O'u blaenau? Doedd dim sicrwydd nawr i ble y gallent ddianc. O ble'r oedd y sŵn yn dod? Oedd e'n eu dilyn, yn eu herlid? Ar fin eu dal?

Ond edrychodd Elis i gyfeiriad tŷ eu cymdoges a gweld cysgod yn sefyll yn ffenest y gegin, yn aros ac yn gwylio. A sylweddolodd yn sydyn mai dyma oedd eu cyfle. Gallent ymddiried yn eu ffrind.

Rhuthrodd o flaen ei fam gan chwifio arni i'w ddilyn. Fe groesodd hithau'r ardd ar wib heb deimlo oerni'r gwlith yn cyrraedd esgyrn ei thraed. Dringodd y ddau'r grisiau'n gyflym gan anadlu'n rhydd o'r diwedd wrth weld drws cefn Mrs Jenkins yn gilagored, eu cyfaill yn aros yn fud y tu mewn.

Doedd dim angen yngan gair. Cydiai Mrs Jenkins yn dynn yn ei ffôn ag un llaw, y llall yn hofran uwchben y bloc cyllyll. Yn ddisgwylgar. Yn barod.

Arweiniodd hi'r ddau ymhell o'r ffenestri i gysgod yr ystafell gerdd a chau'r drws yn dynn ac yn dawel. Eisteddodd y tri ar y cadeiriau gwag o gwmpas y bwrdd a syllu ar y pentyrrau taclus o lyfrau a phapurau. Saib. Ac yn awr fe deimlai'r criw bach yn saffach wrth aros yn nhawelwch y gerddoriaeth. Aros i glywed sŵn injan car yn rhuo i ffwrdd ar hyd stryd gefn stad Pen y Cae.

Ritenuto

Arafu'n sydyn, wedi'i dal yn ôl

Roedd hi'n dal yn dywyll pan gyrhaeddon nhw. Siapau eu cysgodion yn tarfu ar dywyllwch y nos. Mor dawel â'r dylluan yn llygadu'r llygoden o bell, yn barod i'w chipio cyn i'r wawr oleuo'i dichell.

Roedd Elis wedi disgwyl seiren pan glywodd fod yr heddlu'n dod. Fel y rhai ar y teledu, neu'r rhai fyddai'n eu pasio weithiau ar ruthr trwy'r dref. Cri cwynfanllyd y goleuadau glas. Ond cafodd ei siomi. Dim fflachiadau. Dim ffwdan. Dim un awgrym eu bod nhw'n agosáu.

Safai Elis wrth y ffenest, yn un o stafelloedd gwely sbâr drws nesaf, yn cydio'n dynn yng ngwaelod y llenni trwchus. Roedd Mrs Jenkins wedi'i hanfon yno i gysgu am ychydig gan ei bod hi'n dal yn ganol nos o hyd. Ond allai Elis ddim cysgu. Ni allai gau ei lygaid.

Yng ngolau pŵl y polyn lamp ar ben pella'r stryd, gallai weld amlinell car yn symud yn araf, araf iawn ar hyd y ffordd, yr olwynion yn troi fel torchau neidr dros y tarmac. Heb ei oleuadau, roedd hi'n anodd dirnad dim amdano, ddim hyd yn oed ei liw. Diffoddwyd yr injan fymryn cyn cyrraedd mynediad y *cul-de-sac* a dychwelodd y distawrwydd.

Caeodd Elis y llenni ychydig rhag ofn iddyn nhw ei weld, ond parhaodd i wylio'r ffordd. A gwrando. Roedd rhaid gwrando. Ond ni chlywodd Elis y dynion yn agor a chau drysau'r car, na chwaith eu camau lladradaidd wrth gripian ar hyd y palmant, a rhywsut roedden nhw wedi cyrraedd eu gardd y tu blaen i'w tŷ. Sleifiodd y naill i lawr y bwlch cul rhwng y tŷ a rhif 41 tra bod y llall yn troedio'n wyliadwrus ar hyd yr ymyl agosaf. Roedden nhw'n anelu am y drws cefn.

Ymlusgai'r haul dros y gorwel, golau gwan y bore bach yn gafael ym mhlu y dylluan wrth iddi gilio i'r coed tan iddi nosi eto. Daeth y ddau blismon i'r golwg eto, eu camre'n wahanol nawr yng ngolau dydd. Difrifol. Pwrpasol. Yn ddidaro bron, heb frys llechwraidd y noson cynt, cerddon nhw at ddrws tŷ Mrs Jenkins ac aeth Elis i guddio dan gynfasau'r gwely, rhag ofn na ddylai fod yn gwrando.

Roedd Christina'n dal i afael yn y baned roedd Mrs Jenkins wedi mynnu ei gwneud iddi. Er ei bod hi'n oer erbyn hyn, roedd aroglau'r mintys yn gysur iddi, ac fe roddai'r cwpan rywbeth iddi ei ddal yn ei dwylo crynedig. Chwisgi oedd y cynnig cyntaf. Dewis ddiod Mr Jenkins i dawelu'r nerfau. Sadio dwylo. Ond roedd hyd yn oed meddwl am y gwirod lliw cynnes a lenwai lygaid Liam yn troi ei stumog.

Suddai Christina i mewn i'r clustogau â'i choesau wedi plygu oddi tani. Gwisgai bâr o sanau hirion ei chymdoges am ei thraed ac roedd blanced ysgafn dros ei hysgwyddau. Roedd yr awyr yn dal yn dwym, ond roedd y weithred o lapio rhywbeth amdani yn gwneud iddi deimlo'n well. Coflaid heb gyffyrddiad.

Eisteddai Mrs Jenkins mewn cadair freichiau gyferbyn â

hi, yn gwylio'r heulwen yn diferu trwy'r llenni llaes. Roedden nhw wedi encilio i'r lolfa gan ei bod hi'n fwy cyfforddus ac yn fwy clyd yno. Lle gwell iddyn nhw aros. Ond aros am beth, doedd Christina ddim yn hollol siŵr.

Er iddyn nhw weld y dynion yn dynesu at y drws ffrynt, eto i gyd, cyffrôdd y ddwy ohonyn nhw rhyw ychydig yn eu seddi pan ddaeth y gnoc drom ar y drws. Doedd dim galw am ofal na thawelwch nawr, mae'n debyg.

Arweiniodd Mrs Jenkins y ddau heddwas i'r lolfa a chynnig seddi iddynt ar y soffa lydan.

'Mrs Morton?' gwiriodd y plismon hynaf.

Nodiodd Christina, heb yr egni i'w gywiro am y tro.

'PC Davies a PC Santon.'

Chwifiodd ei law ag ystum chwim i awgrymu mai dyma'r unig gyflwyniad y gallai hi ei ddisgwyl.

'Ry'n ni wedi archwilio'ch cartref a siarad â chydweithwyr yn yr ardal, ond does dim golwg o'ch gŵr yn yr adeilad nac yn y cyffiniau. Ydych chi'n gwybod a ddaeth e 'ma ar droed neu efallai mewn car neu gerbyd arall?'

'Car, dwi'n meddwl.'

'Ydy manylion y car gyda chi? Mêc, lliw? Rhif trwydded hyd yn oed?'

'Sa i'n siŵr pa gar oedd 'dag e. Weithe mae'n defnyddio car busnes 'i frawd.'

'Felly, weloch chi ddim o'r car?'

Ysgydwodd ei phen.

'Beth wnaethoch chi weld felly?'

Gollyngodd Christina ei phen i'w dwylo wrth iddi sylweddoli pa mor ddiwerth fyddai ei hatebion. Roedd hi heb weld dim.

Symudodd PC Santon ymlaen yn ei sedd ychydig fel y gallai siarad â Christina'n ysgafnach na'i bartner.

'Ry'n ni'n sylweddoli bod hyn yn brofiad anodd iawn. Ond mae'n bwysig ein bod ni'n casglu cymaint o fanylion â 'dyn ni'n gallu er mwyn trio'i ddala fe'r bore 'ma, tra bydd e ar ei ffordd o 'ma, hyd yn oed.'

'Ei ddala? I neud beth?'

Roedd dychryn yn ei llais am y tro cyntaf wrth i realiti'r cyfweliad wawrio arni.

'I'w arestio. Gallai unrhyw oedi neud gwahaniaeth. Mae amser yn brin mewn achos fel hyn.'

Ond oedi wnaeth Christina.

Daeth Elis i lawr y grisiau a loetran yn ansicr wrth ddrws yr ystafell. Trodd PC Santon wrth synhwyro'i bresenoldeb, ond ceisiodd Christina osgoi edrych ar ei mab.

'Beth am chwarae tu fas am ychydig?' awgrymodd Mrs Jenkins. 'Er mwyn i'r heddlu a Mam gael sgwrs. Dim ond am ychydig. Cyn brecwast. Gallwn ni gael brecwast yn yr ardd hyd yn oed, ar fore braf fel hyn.'

Roedd hi'n bryd bwydo'r adar beth bynnag. A chasglu'r wyau. Fyddai Elis ddim yn cael gwneud hynny'n aml. Helfa arall â'r wyau i'w canfod dros lawr y gawell. Doedd dim dal ble byddai'r soflieir wedi eu gollwng.

Arweiniodd Mrs Jenkins Elis i'r gegin i chwilio am allwedd y drws cefn.

'Mrs Morton? Ydych chi'n barod?'

Cododd Christina ei phen eto.

'Barod?'

'I wneud datganiad tyst. Am beth welsoch chi neithiwr.'

Oedodd Christina eto a cheisio dychmygu ymateb Liam. Ymateb Elis.

'Na. Sdim byd 'da fi i'w ddweud.'

'Ond, Mrs Morton...'

'Dwi ddim yn galler.'

Safodd Christina i fyny fel petai hi'n barod i'w hanfon mas fel disgyblion drwg o'i hystafell ddosbarth, ond wrth iddi wneud, collodd ei gafael ar y cwpan tsieina a thywallt hanner yr hylif melys dros y carped coch wrth ei thraed. Cododd PC Santon i estyn rhywbeth i sychu'r te ond wrth glywed y stŵr daeth Mrs Jenkins yn ei hôl, tynnu macyn o'i phoced a'i osod dros y staen gwlyb. Plygodd yn ofalus i fopio'r te a cheisiodd guddio'r boen a losgai drwy ei choes. Gafaelodd yn llaw Christina i'w helpu ar ei thraed eto, ond parhaodd i'w dal wrth iddi sefyll yn berffaith stond.

'Paid â phoeni o gwbl, Christina. Mae popeth yn iawn.' Edrychodd i fyw llygaid ei ffrind. 'Bydd popeth yn iawn.'

'Ond Ani, weles i ddim byd. Weles i mohono fe tu fas hyd yn oed. Daethon ni mas trwy'r cefen atat ti.'

'Naddo, dwi'n gwbod, ond fe glywon ni bob dim.'

♪

PC Davies a agorodd y drws ac arwain Christina trwy ddistawrwydd y dinistr anweladwy. Ond dilyn datganiadau'r menywod wnaeth e wrth lywio'i ffordd trwy stafelloedd y tŷ. Dilyn llwybr eu disgrifiad. Aethant i'r lolfa yn gyntaf i archwilio'r ffenest. Y ffenest nad oedd hi'n gallu ei chloi. Y ffenest a oedd ar gau unwaith eto. Neu efallai ar gau o hyd.

Wrth gamu trwy'r drws agored, baglodd yr heddwas dros y den blancedi roedd Elis wedi'i gynllunio mor ofalus. Y gêm wedi'i difetha, eto. Gallai Christina weld rhwyg fach yn ei hoff flanced goch. To dros dro ei ogof gudd. Y cadach coch i'r tarw.

Dechreuodd PC Davies dynnu lluniau â'i ffôn. Ffrâm y ffenest, y carped oddi tani. Oedd olion traed i'w gweld? Amlinell ddu ei sgidiau Oxford drud? Na, doedd dim byd amlwg. Dim talpiau pridd. Dim staeniau mwd. Ond doedd dim gardd flaen ganddynt i faeddu ei sgidiau. Dim pridd du i'w wasgaru dros y carped rhad â'r staeniau coffi. Doedd ei sgidiau smart ddim wedi gadael eu hôl, er eu bod wedi troedio dros galon y lle.

A oedd y ffenest ar gau neithiwr? Ar gau ond heb ei chloi. Pam felly? Onid oedd hi'n sylweddoli bod hynny'n gwahodd troseddwyr? Fel gadael drws yn gilagored. A goleuo'r ffordd i mewn.

Ymunodd PC Santon â'r archwiliad. Cludai fag du trwchus yn ei law a phenliniodd yn y gornel i graffu ar y ffenest. Patiodd y ffrâm bren yn ysgafn â bysedd ei faneg, naddion o baent gwyn yn plicio dan gyffyrddiad y latecs. Arwyneb anesmwyth iawn. Anodd ei asesu na dod o hyd i unrhyw dystiolaeth werth chweil. Agorodd y bag a dechrau hoelio rhywbeth dros ymyl y ffrâm. Rhywbeth i roi tawelwch meddwl iddi nes i'r clo gael ei drwsio'n iawn. Os caiff y clo ei drwsio'n iawn o gwbl.

'Oes unrhyw beth ar goll? Neu unrhyw beth wedi newid?' gofynnodd wrth iddo weithio. 'Cymrwch eich amser plis, Mrs Morton,' ychwanegodd wedyn.

A oedd ansicrwydd yn ei lais?

Camodd Christina'n ofalus o un ystafell i'r un nesaf, yn ofni tarfu ar y llonyddwch. Teimlai'r lle yn estron iddi. Treiddiai golau euraidd yr haf i mewn i'r tŷ trwy'r llenni agored, a gallai weld pob arwyneb a chilfach o'i chartref yn glir. Hi oedd yr heliwr erbyn hyn, ond un ag arni ofn ei brae.

Edrychai'r gegin yn union fel y gwnâi wrth iddi adael. Annibendod cyfarwydd fel adlais o'r noson cynt. Gwelai'r allweddi ar wasgar dros y llawr wrth y drws cefn a llestri cinio neithiwr yn bentwr taclus ger y sinc. Doedd Liam ddim wedi eu dilyn i'r ystafell hon.

Wrth ddringo'r grisiau'n araf, gallai ddychmygu ei ddyrnau'n cydio yn y canllaw. Ei ewinedd byrion bron â chyrraedd y pren esmwyth wrth i'w fysedd gyrlio drosto. A fyddai olion ei fysedd yn rhywle? Dros y wal? Dros ddolenni?

Ond oedd ei gŵr wedi bod yn y tŷ hwn ar adegau eraill? Gyda'i chaniatâd efallai? Roedd cwestiynau PC Davies yn dyfnhau ei hamheuaeth.

Rhoddodd ei llaw yn ochelgar ar wal ystafell Elis. Ei gadarnle. Ei chraidd. Roedd y cwilt a'r gobennydd lliwgar yn fwndel anniben ar y llawr. Ai gwaith Elis oedd yr anrhefn yn ei frys i ddianc rhag ei hunllef, neu waith cynddeiriog Liam mewn ymgais i ddod o hyd iddo yn ei wely? Aeth ias i lawr ei chefn.

Cerddodd ar hyd y coridor cul at ei hystafell hithau. A oedd llun ei mam a hongiai ar y wal ar ogwydd newydd nawr? Ei gwên gam hyfryd wedi'i chnocio wrth iddo faglu at ei gwely hi?

Roedd ei hystafell mor wag o hyd, yn syml ac yn blaen, heb

awgrym o addurn personol. Daliai rhai o'r bocsys cardbord ddrws ei wardrob ar agor ac roedd pentyrrau bach o'i dillad yn gorwedd drostynt. Gallai weld amlinell ei chyfrifiadur yn y bag lledr ger y bwrdd gwisgo, ac roedd ei chlustdlysau arian yn pendilio ar y stand metel a gawsai ganddo'n anrheg penblwydd priodas, ers sawl haf bellach.

Doedd dim byd wedi'i gymryd. Dim byd amlwg wedi'i symud. Doedd dim rhithyn o olion ei gŵr i'w weld trwy'r lle. Hyd yn oed yn feddw gaib roedd Liam wedi llwyddo i guddio'i ymyrraeth ynghanol llanastr eu bywyd.

Ond fe deimlai hi ei bresenoldeb yno. Fe deimlai hi'r gwahaniaeth yn siâp ei dillad gwely, yng nghysgod cam y llen dros y gwely, ym mlerwch ystafell ei mab. Gallai Christina glywed gwynt ei *aftershave* a'r sigaréts y byddai'n eu hysmygu pan fyddai dan straen neu'n treulio gormod o amser yng nghwmni Nathan. Aroglau ofn a bygythiadau wedi gadael eu hôl fel atgof na allai ddianc rhagddo. Ond sut oedd cofnodi arogl?

Roedd y golau yn yr ystafell yn wannach gan fod y llenni'n dal ynghau. Tynnodd ei rhai hi yn ôl a thaflu golwg i lawr at y man y tu allan lle safai Liam pan fu e'n eu brawychu y noson cynt. Roedd PC Davies yno nawr, ei holl gorff yn cyrcydu dros sgwaryn brwnt y concrit. Ond pan gododd ef ar ei draed, gallai Christina weld yr hyn a oedd wedi dal sylw'r heddwas.

Hanner ôl troed.

Cefn esgid Oxford ar ei ffordd yn ôl i'r stryd, ei hargraff wedi'i phlannu mewn talp bach o bridd. Y pridd roedd Elis wedi'i ddyfrio â chryn ofal, y pridd a ddaliai'r rhosyn ym

mhotyn Mrs Jenkins, a wasgarwyd gan Liam dros y llawr yn
ei lid a'i ddicter.

♪

Cerddodd Mrs Jenkins tuag at Elis yn bwyllog i lawr yr ardd
ar draws y cerrig sarn. Daeth i sefyll wrth ei ymyl o flaen y
gawell werdd a gwylio'r soflieir yn pigo a chlwcian yn ôl eu
harfer.

Roedd pob darn o'r awyr yn las, las ac arlliw olaf y wawr
wedi gwywo yn y glesni. Y tân wedi llosgi'n ulw. Safai'r
gwynt yn llonydd ac roedd rhai o'r blodau talaf yn plygu yn
eu syched yn y tywydd twym.

Daliai Elis y fasged chwyn yn ei law chwith, â chasgliad
bach o'r wyau brith yn ei chanol. A oedd y soflieir yn sylwi
bod yr wyau wedi eu cymryd tybed? Oedden nhw'n gweld
eu colli wrth iddo eu casglu yn dawel bach? Roedd Elis yn
gobeithio nad oedden nhw. Pasiodd y fasged i'w pherchennog
a throi i edrych eto ar y llawr, lle crafai'r adar â'u traed miniog.

'Fydd popeth yn newid nawr? Fyddwn ni'n gorfod symud
eto?'

'Anaml iawn mae pethe mor ddu a gwyn â hynny. Meddylia
am y gofod. O'r tir hwn, o'r ardd hon hyd yn oed, mae awyr
y nos yn edrych yn ddu a gwyn, ond trwy graffu'n ofalus
trwy dy delesgop rwyt ti'n galler gweld holl liwie anhygoel
yr alaeth.'

Ystyriodd Elis y pwynt am funud. Roedd Elis yn hoffi
herio syniadau fel y rhain.

'Ma rhai pethe'n ddu a gwyn. Beth am y defaid draw yn y
cae fan 'na?'

'Du a gwyn? Brown tywyll a lliw hufen efalle. Trïa 'to.'

Roedd hi'n falch o'i weld e'n gwenu.

'Beth am gân neu ddarn o fiwsig? Ma'r node'n ddu a gwyn.'

'O, cerdd, wrth gwrs. Awgrym da. Ond Elis, mae mwy o liwie mewn cerddoriaeth nag yr wyt ti na fi'n galler 'u gweld. Ond 'dyn ni'n galler clywed rhai wrth gwrs.'

'Pêl-droed!' ochneidiodd yntau yn falch o'i lwyddiant o'r diwedd. Ond llithrodd ei wên wrth iddo feddwl am ei bêl ei hun yr ochr draw i'r ffens.

'Iawn, fe wna i dderbyn hynny. Mae pêl-droed yn ddu a gwyn,' chwarddodd hithau, ond sylwodd nad oedd Elis yn chwarae gyda hi ragor, ei fod wedi difrifoli. 'Do's dim rhaid i chi fynd 'nôl gatre heno, os nad y'ch chi moyn. Bydd lle i chi gyda fi bob amser. I ti a dy fam.'

Nodiodd Elis heb ei hateb. Doedd e ddim yn siŵr a oedd e'n barod i adael eu cuddfan 'to.

Ac wrth iddo yntau gilio rhag y dychryn mawr a deimlai, ystyriodd Mrs Jenkins, tybed a oedd angen nawr iddi hithau wynebu ei holl gyfrinachau.

'Dere, wyt ti moyn brecwast? Byddi di'n teimlo'n well ar ôl byta rhywbeth. Wye ar dost falle?'

Ymlwybrodd y ddau tua'r gegin ar hyd y llwybr a oedd mor syml nawr yng ngolau dydd, ac wrth gyrraedd pen y stepiau, fe glywsant gân amryliw y seiren las yn diflannu i'r pellter.

Cantabile

Mewn arddull canu

Hir yw pob aros, ond didostur ydy disgwyl. Cyfnod ansicr o wylio'r gorwel heb wybod a yw'r cwmwl sy'n llusgo drwy'r glesni yn drwm o law neu beidio. Roedd terfyn i bob disgwyl, a dyna weithiau oedd y drwg. Disgwyl am ateb, am ganlyniad, am ddyfarniad.

Roedd y tymhorau ar droi unwaith eto, ac ar drothwy hyfrydwch yr hydref, roedd gardd Mrs Jenkins yn rhannu ei chyfoeth cyn iddi ddechrau huno. Cochai'r dail yn gynnes ar y geiriosen wrth i'r awyr ffres deneuo, ac roedd yr wythnosau o law ystyfnig wedi rhoi stop ar ddyletswyddau dyfrio Elis ers tro. Erbyn hyn, roedd y rhosod wedi rhyddhau eu petalau am y tro olaf eleni, cyn cwympo i'w trwmgwsg. Ond roedd y winwydden a guddiai dŷ rhif 43 yn ei hanterth, ei chymysgedd o ddail fflamgoch a melynwyrdd yn ymgorffori harmoni holl liwiau'r hydref.

Plygodd Mrs Jenkins ei phen-elin a defnyddio llawes ei chardigan i'w hamddiffyn rhag y drain pigog. Roedd clwstwr o fwyar mawr, suddog yn cuddio yn rhy ddwfn yn y mieri i'r adar eu cyrraedd. Y rhai gorau, ym marn Mr Jenkins. Ac roedd hi'n werth aberthu ambell edefyn o wlân i'w cipio.

Dere nawr, Anita. *Coraggio*!

Dyma'i chyfle olaf i'w cynaeafu cyn dyfodiad Gŵyl Mihangel ac roedd digon o'r diafol yn y drain yn barod heb demtio'r melltith hwnnw hefyd. Roedd hi'n barod wedi clirio'r mwyafrif o lwyni'r ardd ar hyd y ffens a'r canghennau oedd yn gwau eu ffordd o'r cae trwy'r wal gerrig, ond roedd angen llond powlen fawr arall arni cyn y gallai adael i'r bronfreithod wledda.

Jam mwyar duon oedd hoff beth Mr Jenkins ar dost. Blas sur-felys dros y menyn hallt yn dwyn atgof o'r oriau a dreuliodd yn casglu mwyar gyda'i dad. Gadael y tŷ gyda'r wawr dros y Sul, crwydro ar hyd y ffordd a amgylchynai Fferm y Bedol a'u casglu yn glou cyn i neb eu clywed na'u gweld. Roedd y drain yn tyfu ar ochr yr heol, wrth gwrs, felly nid lladrata oedd hwn mewn gwirionedd, ond fe flasai'r jam a wnâi ei fam yn well fyth am iddo ddeillio o'u hanturiaethau.

Gallai Mrs Jenkins glywed ei gŵr yn adrodd y stori wrthi fel y gwnâi droeon pan fyddai'n gwneud jam. Yn cwyno am y jam mafon a mefus diflas a lenwai'r cypyrddau drwy'r haf. Ei fysedd â gwawr o waed a sudd drostynt ar ôl eu mentro'n rhy ddwfn i ganol y mieri heb ei fenig, gan afael yn ei chanol wrth iddi arllwys y ffrwythau i'r badell. Ei gusanau diamynedd ar gefn ei gwar a hithau'n ysgeintio'r siwgr dros y ffrwythau a hanner dros y llawr. Na, nid y gwanwyn, ond yr hydref oedd uchafbwynt natur ar ôl tymor hir yr haf. Yr hydref oedd hoff dymor Mr Jenkins, a'i hoff dymor hithau hefyd, er na allai hi nawr glywed ei gwynion na'i gusanau. Ond wrth gofio hyfrydlais dwfn ei gŵr a'i natur fwyn, chwareus, pendronodd am ennyd. Tybed, hebddi hi, a fyddai'r stori honno'n pydru fel y mwyar a guddiai'n ddwfn yn y mieri?

Sylwodd ar glwstwr da ohonyn nhw ar ben y llwyn ger y gât. Prin y gallai ei bysedd eu cyrraedd wrth iddi sefyll ar flaenau ei thraed, a hwythau'n glynu'n ystyfnig wrth y llwyn o ddrain.

Coraggio, Anita mia! Mentra am y mwyar, 'nghariad i.

Wrth estyn ei llaw unwaith eto, teimlodd ei choes yn gwegian oddi tani ac fe gwympodd yn swp i ganol pigog y drain. Roedd angen cryn ymdrech i'w thynnu ei hun ar ei thraed eto, ond cafodd help llaw annisgwyl wrth iddi bwyso'i chorff yn ôl.

'O! Diolch, Elis. Wnes i ddim dy glywed ti'n dod trwy'r gât.'

Cododd Elis y bowlen roedd hi wedi'i gollwng a chasglu'r mwyar oedd heb eu difetha dan eu traed.

'Do'n i ddim yn dy ddisgwyl di heddi. Soniodd dy fam am drip siopa. I gael sgidie newydd, ie? Aethoch chi ddim, 'te?'

'Ni'n mynd fory.'

Roedd yr ateb yn gynnil ond ddim yn swta.

Yr un lliwiau oedd i'w wisg ysgol newydd – coch a du, ond rywsut fe edrychai Elis yn wahanol. Gwisgai grys iawn yn hytrach na chrys polo ac roedd ei drowsus du yn smart â phocedi bychain a lle i wisgo gwregys. Fe ddylai edrych yn hŷn, ond roedd ei wallt yn anniben o hyd, y cudynnau'n cuddio'i aeliau trwchus ac olion bysedd mwdlyd dros ymylon ei bocedi.

Edrychodd Elis o'i gwmpas i weld pa dasgau oedd yn aros iddo'u cyflawni a phenderfynodd frwsio'r dail crin a oedd eisoes yn dechrau ymgasglu dros y borfa. Cododd y rhaca a chrafu'n egnïol dros y lawnt gan stopio i godi ambell afal gwyrdd rhag iddo'u cleisio.

'Galla i neud crymbl gyda'r rheina os wyt ti moyn. Dylai fod digon o fwyar ma 'fyd.'

Gwenodd Elis a gwthio'r cyrls mas o'i wyneb er mwyn parhau â'i waith. Deallodd Mrs Jenkins nad oedd Elis wedi dod i'r ardd i sgwrsio heddiw.

Didostur oedd disgwyl.

'Wyt ti moyn rhywbeth i fyta? Dwi ddim yn gwbod sut flas sydd ar fwyd yr ysgol gyfun. Mae bara 'da fi. Darn o dost falle? A jam mafon?'

Edrychodd Elis arni. Ni allai barhau â hyn am byth.

'Ie plis. Ond, jyst menyn. Sai'n hoffi mafon.'

Cylch oedd natur wedi'r cyfan.

Llwyddodd Elis i gadw'r brawddegau'n fyr. Cydiodd mewn afal arall a llyfnu ei sglein â'i fawd.

Siglodd Mrs Jenkins y bowlen i fesur faint o fwyar oedd ganddi. Digon i lenwi jar neu ddwy. Digon i bara tan y gwanwyn. Os deuai'r gwanwyn. Ond wrth groesi'r ardd at y gegin teimlodd yr hen boen yn gwynegu i lawr ei choes, baglodd dros ymyl un o'r cerrig a chwympo ar ei hyd unwaith eto, y tro hwn wrth y stepiau, gan dasgu'r mwyar duon ar wasgar dros y borfa.

'Mrs Jenkins!'

Rhuthrodd Elis i afael yn ei braich wrth iddi geisio rholio ar ei chefn.

'Chi'n iawn? Chi 'di ca'l dolur?'

Ond yn ei banig ni wnaeth yr un ymdrech i reoli traw ei

lais. Gwichiodd a sgrechiodd ei bryder a'i ofn fel petai yntau hefyd mewn poen.

'Ydw, ydw. Dwi'n iawn, dwi'n iawn.'

Clywodd Elis ei rhwystredigaeth wrth iddi bwyso ar ei dwylo. Efallai nad oedd hi wedi sylwi ar ei lais.

Llwyddodd Mrs Jenkins i eistedd ar y borfa laith a gafael yn y bowlen nad oedd yn cynnwys ond rhyw ddwsin o fwyar truenus eu golwg.

'Ond, dyna'r mwyar 'di mynd yn iawn tro 'ma. Crymbl yn lle jam fydd hi wedi'r cwbwl!'

'Na, na. Fi'n gallu'u casglu nhw. Fi 'di'r gore am neud 'ny, cofiwch!'

Erbyn iddi godi ar ei thraed, daliai Mrs Jenkins i deimlo braidd yn sigledig o hyd ac roedd Elis wedi ail-lenwi hanner y bowlen.

'Rwyt ti'n gariad bach. Diolch, Elis.'

Archwiliodd Elis y borfa yn ofalus, yn benderfynol o ganfod pob mwyaren goll tra herciodd hithau i fyny'r stepiau gan geisio cuddio'i phoen a chladdu ei chywilydd.

Ffeindiodd Elis hi yn taenu haen drwchus o fenyn dros ddarn o dost pan gyrhaeddodd y gegin gyda'r bowlen bron yn llawn a'i chyflwyno iddi mewn gorfoledd. Eisteddodd wrth y bwrdd yn llwglyd.

Heb droi i edrych arno, gofynnodd Mrs Jenkins,

'Elis, o's rhywbeth yn dy boeni di?'

Dechreuodd blicio yr ewin ar ei fys bach cyn cnoi'r holl ewin yn ôl ei reddf.

'Dim ond gofyn ydw i achos… dwi'n meddwl y galla i dy helpu di.'

Tynnodd ei fys o'i geg.

'Sut?'

'Wel, ma'r llais fel unrhyw gyhyr. Rwyt ti'n galler ei gryfhau trwy ymarfer.'

Cododd Elis ar ei draed a chymryd y tost oddi ar y plât wrth ei hymyl.

'Ond sut?'

Arweiniodd hi'r ffordd i'r ystafell gerdd a chrwydrodd Elis i ochr arall y bwrdd mawr â'r tost yn dal yn ei law. Gosododd ei dwylo'n dyner ar glawr y piano. Ers pryd roedd ei bysedd mor arw? Y croen mor galed – dwylo garddwr.

Agorodd y clawr yn ofalus a chwarae graddfa C fwyaf seml â'i mynegfys. Roedd angen tiwnio'r offeryn a fu'n angof yn nhawelwch ei lwch am gyhyd. Ond fe ddaliai'r piano'r bylchau rhwng y nodau'n weddol dda o ystyried mor hir fu ei gwsg gaeafol, er bod ei draw yn is na'r disgwyl.

'Iawn. Tria ganu hyn, 'te.'

Edrychodd Elis arni'n syn â hanner crwstyn yn hongian o'i geg.

'Wel, gorffenna hwnna'n gynta!' chwarddodd.

Cliriodd Elis ei lwnc o'r briwsion.

'Ond, sai'n galler canu fel hyn.'

'Rho gynnig arni. Gawn ni weld, wedyn.'

Yn anfodlon braidd, safodd Elis yn syth fel petai'n gwasgu'r sain mas rhwng ei freichiau tyn, pob cyhyr yn ei gorff fel petaen nhw ar bigau drain yr ardd a gwichiodd ei ffordd trwy'r nodau.

'Dyna ni. Nawr tria 'to ond yn stacato y tro hwn.'

Tynnodd Mrs Jenkins y stôl mas i eistedd arni heb feddwl

am yr hyn roedd hi'n ei wneud, a chwaraeodd y raddfa'n iawn â'i llaw arw. Llifodd ei bysedd dros yr allweddellau hufen – greddf a oedd wedi'i gwreiddio'n ddwfn yn ei hanian.

'Ceisia ynganu pob nodyn yn glir ac yn unigol. Yn bigog bron. Meddylia am y soflieir a sut mae eu pigau nhw'n symud wrth godi'r corn melys o'r ddaear.'

Fe drïodd Elis eto gan wneud ei orau i beidio â symud ei ben hefyd fel yr adar brith a cheisiodd fygu'r chwerthin yn ei fola.

'La, la, la, la, la, la, laaa, laaa.'

Crychodd ei dalcen wrth straenio trwy'r nodau uchaf.

'Iawn. Ymgais ddigon da. Ond mae angen mwy o bŵer arnat ti. Dim canu'n uwch dwi'n meddwl, ond canu gan ddefnyddio mwy o nerth. Rwyt ti'n canu o'r llwnc ar hyn o bryd. Ond nid dyna o ble mae'r llais yn dod. Dylet ti drio canu o'r diafffram, o dy ganol di. Mae'r holl gorff yn gweithio i greu cerddoriaeth. Felly anadla'n ddwfn a gwthio'r nodau mas o waelod dy fola ac i fyny dros dy ben. Fel hyn.

'Do. Re. Mi. Fa. Sol. La. Ti. Do.'

Dim ond graddfa oedd hi. Solffegio syml. Patrwm clir o nodau plaen. Ond fe deimlai Anita'r gwaed yn ffrydio trwy ei chorff i gynnau'r tân yn ei chanol pan rannodd ei llais gyda'i ffrind. Llenwodd ei hysgyfaint yn llwyr i roi grym i'r nodau a ddeuai o'i pherfedd, a theimlai fel petai hi'n anadlu'n iawn am y tro cyntaf ers degawdau. Yr aer yn dwym rhwng ei gwefusau. Ac roedd yr adenydd, oedd wedi lapio am ei chalon yn dynn yn ei galar, ar agor unwaith eto i'w chario uwchben y nodau ac i lanio yn ei helfen, y tu draw iddynt, ar ei llwyfan.

Cliriodd Elis ei lwnc eto.

'*Wow*, Mrs Jenkins.'

Doedd dim arall y gallai ei ddweud.

'Dere nawr. Tria di. O dy ganol. Fan hyn.'

Tynhaodd Elis y cyhyrau yn ei fola ac anadlu'n ddwfn cyn rhyddhau'r nodau fesul un.

'Do, re, mi...'

'Yn arafach, cariad. Dychmyga bob un nodyn. Fel taset ti'n rhoi pin ym mhob un yn y gerddoriaeth ar ddarn o bapur.'

Felly caeodd Elis ei lygaid a gallai weld y nodau o'i flaen. Rhes o grosietau duon yn dringo'r llinellau hir. Anadlodd. A chanodd.

'Do. Re. Mi. Ffa. Sol. La. Ti. Do.'

Cadwodd ei lygaid ynghau am ennyd i aros am y cyfarwyddyd nesaf. Ond ni ddaeth dim. Ciledrychodd ar ei diwtor a oedd wedi troi ar y stôl i'w wynebu y tro hwn.

Graddfa berffaith. Dim gwichian. Ond melodi. Cân. Ei lais yn glir yn ei gryfder.

Ac yn ei chryfder hithau.

♪

Troellai Elis y llwy bren yn ofalus trwy'r ffrwythau tywyll gludiog a feddalai dan bwysau'r gwres a'r siwgr. Gwaith brwnt ond hynod ddymunol ac anrhydedd oedd cael ei wneud yng nghegin Mrs Jenkins. Roedd hithau'n brysur yn paratoi'r jariau a ddeuai mas yn chwilboeth o'r ffwrn wrth ei ymyl.

'Mrs Jenkins?'

'Ie, cariad?'

'Beth os… beth os dwi ddim yn hoffi fy llais newydd?'

'Ond Elis, rwyt ti'n canu'n hyfryd iawn. 'Dyn ni newydd brofi hynny. Mae'n llyfn fel mêl pan wyt ti'n canolbwyntio'n iawn.'

'Ie, ond… mae'n dechrau swnio'n… ddwfwn. Beth os fi'n swnio fel…'

A diflannodd y geiriau i ddyfnder y cymysgedd trioglyd o'i flaen.

Daliodd hi ei fraich yntau'r tro hwn, yn ysgafn ac yn gysurlon, sudd y mwyar yn gysgod o dan ei hewinedd ac fe'i helpodd hi i brocio wyneb y jam â'r llwy i weld a oedd yn barod.

'Do's dim ots, Elis. Dim ots o gwbl,' dywedodd wrth estyn am y potiau. 'Mae sawl darn yn ein gwneud ni'n gyflawn. Ac efalle y bydd adlais o rywrai eraill yn gymysg yn dy ganu. Ond dy lais di yw e, a neb arall. Felly, defnyddia fe, 'nghariad i. Siarada, cana, chwardda, cria. A chofia fod dy lais di'n dod o'r canol, o'r galon, a bydd grym bob amser i dy gân a dy eirie wedyn.'

♪

Roedd llygaid Elis ynghau a'i glust wedi creu gwasgnod dwfn ym mhlu y gobennydd newydd, ond nid oedd eto'n cysgu. Roedd gogwydd y nen yn beth cyfarwydd erbyn hyn, ac roedd e wedi magu'r arferiad o gysgu fymryn yn bellach i lawr y gwely, a mymryn yn bellach oddi wrth y drws.

Roedd yr heddlu wedi treulio amser hir yn rhoi cyngor i'w fam ac i'r landlord am ddiogelu'r tŷ. Trwsio ffenest y lolfa, newid cloeon y drysau rhag ofn bod allweddi ar goll, gosod goleuadau yn nhywyllwch yr ardd gefn ac efallai gosod camera pan fyddai'r arian ganddi. Roedd y tŷ yn ddiogel, felly roedd eu hamddiffynfa'n gryf. Ond yr unig beth a wnâi i Elis deimlo'n well, ac i deimlo'n saff, oedd cael ei fam wrth droed y gwely, yng nghadair ei mam-gu. A phan fyddai'n dihuno yn y nos, fel y gwnâi'n aml erbyn hyn, â nodau bas ei dad yn islais cras i'w freuddwyd, byddai'n codi'n syth o'i wely a gadael distawrwydd gwag ei stafell i chwilio am ei fam. Fe godai hithau ymyl y cwilt heb orfod agor ei llygaid, i'w wahodd i ymuno â hi yn ei chynhesrwydd, ac fe'i daliai dan ei chesail nes i'r ddau ohonynt gysgu.

Roedd yr hwyrddydd wedi dod i ben a'r sêr yn disgleirio dros nenfwd fach ei stafell ac yn yr awyr y tu fas. Gwrandawai Elis yn fodlon ar lais ei fam yn canu. Nid mwmian oedd hi nawr, er mai'r un hwiangerdd oedd y melodi, un a adwaenai ef o'i chlywed ar y nosweithiau hirion a dreulion nhw yng nghwmni ei gilydd.

Huna blentyn ar fy mynwes,
Clyd a chynnes ydyw hon;
Breichiau Mam sy'n dynn amdanat,
Cariad Mam sy dan fy mron;
Ni chaiff dim amharu'th gyntun,
Ni wna undyn â thi gam…

Ac er ei bod hi'n canu'n dawel, yn suo'i mab i gysgu, fe allai Elis glywed y grym yn llais ei fam.

Presto

Yn gyflym iawn, yn fuan

'Un deg wyth, un deg naw, dau ddeg. Barod neu beidio, dyma fi'n dod!'

Swatiai Elis yn lletchwith o dan bentwr o bapur lapio yn y cwpwrdd dan staer. Roedd e wedi ceisio'i wasgu ei hun o dan silff isaf y cwpwrdd sychu, y lle perffaith i guddio, jyst o dan y tywelion gorau ac wrth ymyl yr hancesi, ond roedd e dwtsh yn rhy fawr i'r bwlch. Ac roedd ei dad yn cyfri'n rhy gyflym, fel erioed. Byth yn rhoi chwarae teg iddo. Ceisiodd symud ei goes dde a oedd yn binnau bach i gyd, ond tarodd y wal â'i ben-glin wrth geisio ymddatod.

Rhewodd. Clywodd draed ei dad yn camu ar bob un gris uwch ei ben. Cam wrth gam yn nesáu at ei guddfan. I lawr ac i lawr. Doedd dim unman i redeg nawr, dim unman i ddianc. Daliodd ei wynt, caeodd ei lygaid a cheisio tynnu tywel dros ei wyneb a'i wallt. Synhwyrodd newid yn yr awyr wrth i'w dad gilagor y drws bychan, llygaid brown ei dad yn asesu'r siapau yn y tywyllwch, a thynhaodd ei gyhyrau bach dros ei esgyrn mewn ymgais i aros mor llonydd â phosib. Ond plyciai ei goes yn aflonydd i ddatgelu ei guddfan i'w heliwr a gwaeddodd ei dad 'Aha!' i ddatgan ei lwyddiant gorfoleddus. Chwarddodd y ddau lond eu boliau wrth i Liam ddadlapio Elis ac fe ruthron nhw'n syth i'r lolfa i gychwyn y gêm o'r newydd gyda'i dad yn cuddio'r tro hwn.

Roedd hi'n anodd peidio â meddwl am y gemau hynny heddiw wrth i Elis sefyll a disgwyl. Gafaelai yn dynn yn rheiliau'r iard gan wasgu ei wyneb i'r bwlch cul a wahanai'r rheiliau. Roedd y barrau haearn rhydlyd yn brifo'i fochau oer a'u harwyneb cennog yn bachu bysedd ei fenig. Ni allai Elis weld yn bellach i lawr y stryd am ei fod yn gwthio'i drwyn trwy'r gagendor, ond o leiaf gallai esgus bod hynny'n wir. Gallai fynnu i gar Mrs Jenkins ymddangos.

Roedd hi'n bygwth glaw, o weld y cwmwl llwyd, er y teimlai'n ddigon oer i'r glaw droi'n blu.

Roedd yr iard y tu ôl iddo'n llawn cynnwrf er bod y plant yn sefyll mewn rhesi o fath yn aros am eu bysiau. Tri aelod o staff yn ceisio cadw trefn ar anhrefn. Madame Rhos, Ffrangeg, Mr Huws, Hanes a Mrs Williams, Celf. Roedd Dr Ryan, Cemeg ar ddyletswydd hefyd, ond gwyddai pawb na fyddai'n ymddangos nes iddo orffen sawl sigarét frysiog wrth ei gar.

Brasgamai Mr Huws i gwt pob rhes yn achlysurol i gorlannu plant blwyddyn 9 a 10 yn ôl i'w llefydd priodol ac i weiddi ar y bechgyn hŷn am eu bod yn dringo'r coed yn y gornel bellaf. Roedd gwreiddiau'r derw yn crafangu eu ffordd yn nes at sylfeini'r adeilad o flwyddyn i flwyddyn.

Roedd galaeth gyfan rhwng Elis a'r plant eraill yn eu bydoedd bach eu hunain ar ben arall yr iard. Gallai weld ei ffrindiau yn y rhesi pellaf yn aros am fysys Cwm Argoed ac Ystrad Gul, ond nid oedd neb yn talu unrhyw sylw iddo fe. Roedd criw ohonynt yn clystyru o gwmpas eu ffonau a chylchdro eu sgyrsiau'n culhau i ddiddymdra'r sgrin.

Dechreuodd y bysiau gyrraedd. Gwibiodd y cyntaf yn frawychus o gyflym ar hyd y stryd a stopio gyda'i ddrws ar agor o flaen man gwylio Elis. O fewn munudau ffurfiwyd ciw swnllyd o'i flaen gan flocio'i olwg yn llwyr.

'Iawn, mae'r bysys cynta'n barod. Na, na, na. Arhoswch i fi alw'ch rhes chi, plis.'

Roedd cyffro yn byrlymu wrth i'r plant weld diwedd ar ddiflastod y pum munud di-ben-draw o sefyllian, gan ei gwneud hi'n anos fyth i Mrs Williams gadw rheolaeth.

'*Uh*, Jonathan, 'nôl yn dy res, plis. Dwi heb alw dy fws di eto.'

Doedd Elis ddim yn ffitio ym mhatrwm y rhesi anniben gan nad oedd bws ysgol yn mynd i gyfeiriad Brynheulyn. Nid oedd lle i Elis felly ar fws. Roedd Elis yn aros am ei lifft. Yr unig ryddid a gawsai o fewn ffiniau'r ysgol hon oedd penderfynu sut y byddai'n ei gadael.

'Bws Penrhyn-bach yn gyntaf. Un ar y tro plis.'

Ni fyddai Mrs Jenkins byth yn hwyr yn dod i'w gasglu ar ddydd Mercher. Gallai Elis fod yn sicr o hynny. Pan ganai'r gloch, byddai hi'n sefyll yn ei sodlau bach taclus wrth fynedfa yr ysgol yn gafael mewn ymbarél i'w rhannu ar eu ffordd i'w char ar ddiwrnod gwlyb. Ond fe wyddai Elis ble'r oedd hi heddiw. Fe wyddai pam ei fod yn disgwyl. Fyddai hi'n hir eto?

'Iawn, bws Maesclychau nesa. Dim rhuthro plis! Mae'r stepiau'n wlyb.'

Clywodd Elis gamre cyflym Mr Huws y tu ôl iddo. Dyn byr, esgyrnog â llais treiddgar yn adleisio o amgylch coridorau'r ysgol. Synhwyrai Elis ei fod yn ei wylio, yn ymwybodol bod rhywbeth yn wahanol. Rhywbeth yn mynd yn groes i'r patrwm arferol. Fyddai Elis byth yn sefyllian yn yr iard am gyhyd, yn enwedig ar ddydd Mercher.

'A beth wyt ti'n neud draw fan hyn? Ble ma dy res di?'

Oedodd Elis cyn troi i'w wynebu.

'Na, dydy Elis ddim yn dal y bws, Mr Huws,' torrodd Madame Rhos ar ei draws. 'Mae'n cael ei gasglu bob dydd o'r ysgol.'

Nodiodd Mr Huws mewn cydnabyddiaeth ac anwybyddodd Elis.

Cnodd Elis gornel ei wefus. Bu bron iddo dynnu gwaed.

Bydd hi yma nawr. Nawr mewn munud. Unrhyw funud. Bydd hi yma nawr...

Doedd Elis ddim i fod i wybod am yr achos. Digwyddodd glywed sgwrs rhwng ei fam a Mrs Jenkins wrth y drws. Ei fam fyddai'n gyrru i'r llys y bore hwnnw ac wrth gwrs gallai hi roi lifft i Mrs Jenkins. Mae'n siŵr y byddai'r llys yn galw amdanyn nhw tua'r un pryd, beth bynnag. Oedd, roedd hi'n bwriadu aros i wrando ar yr achos cyfan. A'r canlyniad.

Na, byddai Elis yn yr ysgol. Doedd dim angen ei boeni fe am hyn.

'Caitlyn, wyt ti'n gwrando? Rho dy ffôn yn dy fag. Mae dy fws di'n gadael. Bagla hi!'

Roedd yn gas gan Elis y sŵn – y chwerthin cellweirus, y sgyrsiau dichellgar nad oedd neb yn eu cuddio, y bloeddio, yr herio, y cecru a'r dadlau. Ond eto, roedd yn deimlad gwaeth wrth eu clywed nhw'n gadael. Gwyliodd y tryblith yn llwytho i'r bysiau yn eu tyrfaoedd fesul un, yn llusgo eu bagiau a'u sgyrsiau i'w seddi, ac yntau'n dal i aros.

'Mae'r bws ola i Gae Hir wedi cyrraedd. Dewch nawr.'

Faint o'r gloch fyddai'r peth yn dechrau? Ddim yn rhy gynnar, felly. Ond eto, a fyddai'n syniad ceisio bod yno'n fuan? Doedd Mrs Jenkins ddim wedi bod mewn llys barn o'r blaen.

Roedd Elis wedi gweld yr adeilad wrth gerdded o'r maes parcio i'r traeth sawl tro. Lle llwyd â gormod o ffenestri. Fel pe bai'n gwahodd y byd a'i bobl i fusnesa yn ei weithgaredd. I farnu. I ddyfarnu.

Oedd hi ar ei ffordd nawr? Faint fyddai angen iddi ddweud? Roedd y gwir yn syml, on'd oedd?

Bydd hi yma nawr. Nawr mewn munud. Unrhyw funud. Bydd hi yma nawr.

'Mrs Jenkins, beth yw natur eich perthynas gyda Mrs Morton?'

'Rydyn ni'n ffrindiau. Ffrindiau a chymdogion. Rydw i'n byw drws nesaf.'

Ateb yn syml a chlir. Dweud dim byd ond y gwir. Dyna oedd y cyngor. Dyna oedd y theori.

'Ydych chi'n nabod eich gilydd ers amser hir?'

'Ers rhyw wyth mis, dwi'n meddwl. Ydy hynny'n bwysig, felly?'

'Sut byddech chi'n disgrifio'i chymeriad hi?'

'Wel, mae hi'n hoffus iawn. Gweithgar, cyfeillgar. Sori, pam bod hyn yn berthnasol...?'

Roedd y cwestiynau'n wahanol i'r disgwyl. Y cwestiynu'n hirach. Yr ystafell yn dwymach. Pwysai'r aer yn drwm ar ei hysgyfaint. Roedd angen llwnc o ddŵr arni. A rhywle i eistedd. Roedd ei phen yn dechrau troi a'i choes yn crynu wrth sefyll yn ei hunfan.

Bydd hi yma nawr. Nawr mewn munud.

'Beth welsoch chi'r noson honno, Mrs Morton?'

'Clywais i Liam yn curo ar y drws a…'

'Nid dyna'r cwestiwn a ofynnwyd, Mrs Morton.'

Unrhyw funud. Bydd hi yma nawr.

'Ydych chi wedi gwneud cwyn i'r heddlu neu unrhyw awdurdod arall am ymddygiad eich gŵr erioed o'r blaen?'

'Naddo, ond…'

Bydd hi yma nawr.

'Oes unrhyw un ar ôl Mr Huws? Mae'r bysys yn barod i fynd.'

Dechreuodd bigo bwrw ac aeth Elis i gysgodi dan y coed, eu canghennau noeth yn cynnig lloches brin rhag y tywydd gwlyb.

Nawr mewn munud.

'Oeddech chi a Mr Morton yn dadlau yn aml?'

'Oedden.'

'Am arian?'

'Wel, weithiau…'

Unrhyw funud.

Palfalodd Elis yn ei fag i chwilio am ei het. Byddai ei fam wedi cofio ei chynnwys. Rhag ofn.

'Elis? Elis?'

Bydd hi yma nawr.

'Mae dy lifft di wedi cyrraedd, Elis… Wyt ti'n clywed?'

Cododd Elis ar ei draed a wynebu'r glaw mân a gosai ei dalcen a'i drwyn. Ond nid Mrs Jenkins â'i hymbarél fawr a'i sodlau bach taclus a safai wrth ymyl Madame Rhos â Twix yn ei law.

'Haia, byti bach.'

Edrychai ei dad yn hunanfodlon, yn falch iawn o'r syrpréis, fel petai'n disgwyl i Elis neidio mewn llawenydd wrth ei weld yn croesi'r iard tuag ato. Y tad afradlon!

Sut? Sut roedd e wedi dyfalu bod angen iddo ddod â'r Twix? Sut roedd e'n gwybod y byddai Elis yma'n aros? Sut y gallai feddwl y byddai Elis yn fodlon ei ddilyn i'w gar moethus a chyflym, i'w gludo i'w gartref?

'Ti'n barod i fynd gatre?'

Tynhaodd Elis y cyhyrau yn ei fola, ac yn dawel ond yn glir fe ddatganodd, 'Na.'

A chyn i'w dad ymateb a gweld dyfarniad blin ei fab, gafaelodd Elis yn ei fag, fe gododd ac fe redodd.

Edrychodd pawb mewn penbleth pan redodd heibio'i dad. Bu dadlau rhwng tri athro syn, wrth geisio deall a rhesymu a chanfod â phwy i resymu, wrth i'r bachgen ifanc ffoi. Pam byddai unrhyw ddisgybl yn ceisio dianc nawr ar ôl i'r ysgol ganu'r gloch a chau ei drws ar bawb?

'Stopia, Elis! Ble ti'n mynd?'

Roedd sŵn eu cytgord croch yn ceisio rhwystro'i goesau chwim wrth weld syndod, siom a gwarth yn llygaid duon dwfn ei dad, na wyddai beth i'w wneud, na'i ddweud, ond gwylio'r bachgen yn ei frys yn ceisio'i ryddid ar y stryd.

Fe redodd ac fe redodd, i lawr y stepiau cul a thrwy'r prif ddrysau cadarn a mas i stŵr y byd, ymhell o'i dad a'r ysgol a dwndwr y plant mawr, mas heibio'r bysiau gorlawn â'i galon yn ei law. Rhedodd lawr i Barc yr Onnen a dros y glaswellt hir a bron â baglu beiciwr heb edrych yn ei ôl. Rhedodd heibio i'r lle chwarae llawn bwrlwm y plant bach a heibio i'r llyn hwyaid a'r cerddwyr gyda'u cŵn.

Fe redodd i'r pen arall trwy'r gatiau metel gwyrdd a heibio i'w hen ysgol â'i dosbarthiadau gwag. Rhedodd dros y groesffordd wedyn, ger barbwr Heol Uchaf a heibio siop y cigydd a'r Co-op ar y dde, heibio'r bont a'r dafarn a chaffi bach Lle Te. Ar draws y ffordd fe redodd, heb aros chwaith am draffig na chwynion cyrn y faniau yn uchel yn ei glust. I fyny bryn Sant Niclas ac yna 'nôl i lawr, gan redeg hyd y rhodfa goed â'i chanopi mor frau a heibio i'r tai teras llwyd gan deimlo cur ei waed.

Fe redodd trwy boen ei sgidiau'n gwasgu ei ddwy droed a'i sanau du yn cosi ei figyrnau yn ei chwys. Fe redodd trwy gri'r gwyntoedd cas a chwipiai'i lygaid llaith, a'r dagrau chwerw'n tagu yng ngwylltineb llwyr y ras.

Fe redodd ac fe redodd ac fe redodd hyd eitha'i rym, ond ni wyddai ble i stopio.

Ni wyddai Elis ddim.

Grave

Yn araf iawn, yn ddifrifol,
yn dyngedfennol

Roedd yr ystafell ymgynghori yn oer, ac er bod yr aer tu fas yn rhewllyd, cadwai'r nyrs y ffenest yn gilagored i greu llwybr i'r awyr iach. Rhywsut, roedd gwynt glendid llwydaidd i'r lle, ac er nad oedd y môr yn agos iawn at flaen yr ysbyty, roedd ei bresenoldeb yn creu ffresni angenrheidiol i'r awyr drymaidd oddi mewn i'r adeilad.

Roedd y diwrnod wedi llusgo wrth i Mrs Jenkins symud o un gofod aros i'r un nesaf mewn gwahanol adrannau yn yr ysbyty. Paneidiau caredig yn cynnig cysur prin. Sawl ymgais aflwyddiannus i ymgolli mewn darllen, i ymguddio yn straeon pobl eraill. Cloriau'r cylchgronau wedi gwywo yng ngolau'r haul.

Erbyn hyn, a'i henw wedi'i alw ar waelod rhestr hir, safai amser fel merddwr ar ddiwrnod crasboeth wrth iddynt ddisgwyl am yr arbenigwraig. Y nyrs yn pwyso ar ymyl sedd ei chadair, yn ceisio darbwyllo'r ddwy na fyddai'r meddyg yn hir. Gwisgai hi fathodyn oren crwn ar gornel chwith ei choler, arwydd bach i ddynodi eu bod nhw'n rhannu mamiaith. Ond roedd eu mudandod yn amlieithog.

Fe agorodd y doctor y drws yn frysiog a gwenu arnynt yn gwrtais wrth ofyn am y papurau priodol gan y nyrs y tu ôl iddi. Darllenodd ambell dudalen ac agor dogfen arall ar y cyfrifiadur o'i blaen. Clicio. Pori. A darllen ei ffeil agored eto. Pwysai'r tawelwch arnyn nhw i gyd a chroesodd Christina ei choesau'n anghyfforddus. Edrychodd Mrs Jenkins heibio iddi at y ffenest agored a mwynhau adlewyrchiad y machlud.

Fe wyddai hi'r canlyniad wrth gwrs. Doedd dim angen iddi wrando. Ond gwrando a wnaeth a gafael yn dynn yn llaw ei ffrind. Er i'r arbenigwraig siarad yn bwyllog a gofalus, ni chlywodd hi'r un gair, ond gallai ddeall ei thynged o glywed traw ei llais. Yn isel. Pragmataidd.

Roedd hi'n falch bod Christina wedi dod â phen a phapur gyda nhw, i gadw cofnod o'r cwestiynau a'r atebion, a'r diffyg atebion. Y bylchau na ellid eu llenwi. I roi siâp a ffurf i'r hyn na allai hi ei ddweud na'i gofio. Distawrwydd du ar bapur.

Gwasgodd law ei ffrind â'i bysedd garw i wirio ei bod hi yno, a pharhau i wylio'r lliwiau'n newid yng ngwydr y ffenest.

Roedd amser ganddi wrth gwrs. Amser hir eto gyda lwc. Ac roedd camau mawr wedi eu gwneud yn y maes dros y blynyddoedd diwethaf. Datblygiadau gwerthfawr. Roedd hi'n fyd newydd mewn termau meddygol. Ac roedd sawl opsiwn ganddynt. Nid iddi hi'n unig. Roedd sawl llwybr o'u blaenau. Ond roedd y gorwel yn weladwy, ac yn anodd ei wynebu.

Fe deimlai hi'n wahanol y tro hwn. Fe'i synnwyd mewn gwirionedd gan ei gwellhad dros dro, o'i gymharu â'i hymateb i'r salwch y tro diwethaf. Saib annisgwyl i'r coda. Nid oedd hi wedi'i siomi. Sut gallai hi fod wedi'i siomi, gan iddi dderbyn newyddion mor galonogol? Bod y driniaeth wedi llwyddo. Bod gwraidd ei phoen yn cilio. Gwraidd un boen yn cilio a hithau'n gallu dychwelyd i fyw bywyd llawn a llawen, yn nhawelwch pur ei chartref yn nhŷ rhif 43. Lle roedd pob un drws yn ei byd wedi ei gau, tan i Elis agor y gât.

A dyma'r siom nawr yn dychwelyd wrth glywed tôn y meddyg, yn union fel y'i cofiai yn torri'r newydd y tro diwethaf a hithau ar ei phen ei hun yn gwylio darnau'r machlud yn chwalu. Oedd, roedd wynebu'r ail adroddiad yn anos iddi nawr, gan fod ei chalon hi'n gryfach. Ac roedd y crac yn seinio'n uwch wrth dorri calon lawn. Edrychodd ar Christina yn llunio ei nodiadau wrth wrando'n astud a gofalus ar bob gair o enau'r meddyg. Ac er bod ei chalon gref yn curo'n gyflym yn ei brest â phryder yr anhysbys yn pendilio yn yr awyr, fe wenodd Anita arni.

♪

Gorweddai Elis ar ei wely â'i goesau'n gwlwm wrth ei waelod yn syllu ar y sêr. Daliai ei freichiau'n glustog i'w wallt cyrliog i'w gadw yn gyfforddus ond heb ei demtio i bendwmpian. Nid sêr y nos a welai ond goleuadau bychain ei lamp lliw nefi yn troelli dros y nenfwd. Dyma'r unig sêr oedd yn bodoli ar fore Sadwrn, yng ngolau'r dydd llwydaidd, ond eto'n ddigon llachar i guddio'r gofod. Trwy'r ffenest, arnofiai haenau trwchus o gymylau yn araf ar draws yr awyr. Gallai Elis glywed ei fam yn brysur yn y gegin. Ni wyddai beth roedd hi'n ei wneud ond nid oedd am fentro mas o'i ystafell ar hyn o bryd. Gwthiodd gudyn o wallt yn ôl dros frig ei glust dde a gwasgu'r clustffonau'n ddyfnach fel y teimlai guriad y gerddoriaeth yn taro'r drymiau yn ei ben. Roedd cysur yn y cordiau.

Ar ddyddiau rhewllyd y gaeaf fel yr un a wynebai heddiw, pan fyddai'r machlud eisoes yn ei anterth erbyn i Elis gyrraedd tŷ drws nesaf, ni allai'r un o'r ddau ohonynt wynebu mentro mas i wneud gwaith yn yr ardd. Felly, roedd Mrs Jenkins wedi penderfynu dysgu ychydig iddo am fyd cerddoriaeth glasurol. Wedi ceisio ei ddysgu, ond er mawr siom iddi hithau, nid oedd llawer o'r gweithiau enwocaf yn apelio ryw lawer at glust ei chyfaill iau. Roedd Bach ychydig yn ddiflas, Mozart yn rhy brysur a gormod o ddarnau Chopin mewn cywair digalon. Ond roedd un darn sylweddol wedi swyno ei ddychymyg. 'Planedau' Gustav Holst. Bron y gallai Elis weld y planedau'n cylchdroi yng ngogoniant eu gofod wrth iddo wrando ar y gerddorfa, ac fe ymgollai yntau'n llwyr yn ei awyrgylch.

Diflannu i ofod cerddorol y planedau oedd ei fwriad eto heddiw wrth guddio ar ei wely rhag oerni'r byd tu fas. A'r bore hwnnw, wrth i'r ffliwtiau a'r oboau gychwyn symudiad Neifion yn ei glust, teimlai Elis bob blewyn ar ei freichiau'n codi o dan grys glas ei byjamas, ac er na allai'r awyr oer dreiddio i'w groen gŵydd, lapiodd ei freichiau o'i amgylch ei hun i anwesu'r teimlad iasol a gosai ei holl gorff. Gwefr i'r glust. Ac wrth i'r teimlad ddofi, gafaelodd yn y gobennydd a'i wasgu dros ei glustiau.

Ym mhen pellaf stryd gefn Pen y Cae, roedd car du, moethus yn troi'r gornel yn araf, araf iawn, pŵer ei injan fawr bron yn furmur dan chwip achlysurol y gwynt. Roedd car mor rhodresgar yn anghydnaws ar glos fel hwn, yr olwynion llyfn yn troi gan adael atsain dros y tarmac. Nid oedd ar frys heddiw. Pwyllodd wrth basio pob un tŷ, gan hoelio sylw y cymdogion chwilfrydig wrth iddynt agor eu llenni. Oedodd o flaen rhif 42 heb ddiffodd ei injan. Gadawodd y gyrrwr i'r peiriant rwnian yn fwriadol ar drothwy'r dreif, y grwndi isel yn ddigon i ddychryn y gath ddu a oedd yn cysgu ar wal frics isel rhif 46 gyferbyn.

Tawodd injan y car o'r diwedd ac agorodd drws y gyrrwr gan wneud lle i bâr o sgidiau Oxford gamu ar y palmant. Gadawodd Liam i'r drws gau yn raddol gyda grym disgyrchiant a nesáu at y drws ffrynt heb drafferthu i'w gloi. Ffliciodd trwy'r ffôn wrth gnocio'n drwm, ond arhosodd am ymateb wrth synhwyro bod llygaid yn ei wylio.

Ar gyrion ei gardd flaen gerllaw roedd Mrs Jenkins ar ei gliniau yn ceisio tocio darnau mwyaf lletchwith ei llwyni rhosod. Roedd hi'n benderfynol o'i wneud yn brydlon eleni fel y byddai'r blodau ar eu harddaf yn yr haf. Sioe werth ei gweld. Ond fe deimlai hi'n rhyfedd o euog wrth dorri'r coesau moel, yn clwyfo natur a honno'n fregus.

Ni chododd ei phen i wylio Liam yn loetran wrth ddrws Christina, ond roedd hi'n gwrando.

Bu Liam yn oedi yno am ychydig funudau, ond ni chnociodd yr eildro, ac yn y pen draw fe ddaeth Christina i'r golwg â'i gwallt gwlyb yn blethen dros ei hysgwydd.

'Ti'n gynnar, Liam. Dyw e ddim yn barod 'to.'

'O'dd e'n gwbod bo fi'n dod bore 'ma.'

'O'dd, ond ddim tan yn hwyrach. Wna i weld ydy e 'di gwisgo.'

Gwthiodd Christina'r drws heb ei gau'n sownd a gadael

i Liam sefyllian yno ar stepen y drws cyn dringo'r grisiau'n bwyllog i ystafell Elis. Tynnodd Liam sigarét o boced frest ei siaced a'i throi rhwng ei fysedd gan ystyried a ddylai ei thanio. Ildiodd i'w chwant a gwylio'r chwyrliadau mwg yn gymysg â'i anadl yn codi trwy'r awyr oer.

Er iddi geisio ymwrthod, cododd Mrs Jenkins ar ei thraed wrth i'r cymylau myglyd lenwi ei ffroenau, gan na allai ei phen-gliniau ddal ei phwysau. Tynnodd hi ei sylw am ennyd. Oedd awgrym o nerfusrwydd ynddo?

Diffoddodd Liam y sigarét ar ei hanner trwy ei phlannu'n ddiseremoni ym mhridd y potyn terracota wrth ei draed.

Agorodd Christina'r drws eto yn garcus.

'Dyw e ddim moyn mynd 'da ti, Liam.'

'Pam?'

Ceisiodd Christina reoli ei hanadl.

'Dyw e ddim moyn mynd a dyna ni.'

'Wel, mae e'n dod. Ma hawlie 'da fi, Chris. Ma'n nhw 'di neud hynny'n glir. Ma hawl 'da fi i'w weld e.'

'Sai'n gallu neud iddo fe fynd 'da ti, Liam.'

'Wel, be nest ti ddweud wrtho fe, 'te? Ti 'di dweud rhywbeth.'

'Na, dim byd. Ond dyw e ddim moyn dod.'

Plygodd Mrs Jenkins eto gan brysuro'i hun â chasglu'r tocion oddi ar y gwair. Nid oedd hi am fynd ymhell. Ac fe wyddai'n iawn na allai neb orfodi rhosyn i flodeuo yn oerni'r gaeaf.

Gwthiodd Liam heibio i Christina trwy gulni'r cyntedd bychan i chwilio amdano gan alw enw Elis wrth symud o ystafell i ystafell.

'El-is. El-is?'

Roedd yn rhaid na allai ei glywed. Fel arall, byddai'n ateb. Roedd e'n siŵr o hynny.

Cyrhaeddodd Liam ddrws ei ystafell wely a ffeindio ei fab yn gorwedd â'i gefn tuag ato a gobennydd trwchus wedi'i phlygu dros gefn ei ben.

'Elis? Wyt ti'n ocê?'

Cydiodd yn ei ysgwydd i geisio mynnu ei sylw ac fe neidiodd y bachgen yn ei ddychryn gan rolio oddi ar ochr y gwely.

'Elis! Elis, mae'n iawn,' ceisiodd dawelu ei gynnwrf gan ddal ei ysgwydd eto, yn gysurlon y tro hwn. 'Fi sy 'ma. Jyst Dad.'

Jyst Dad yn tarfu arno.

Ni chododd Elis o'r llawr ond cododd ei ben i edrych arno, gwifrau gwyn y clustffonau yn crogi am ei wddf. Roedd glesni claer ei lygaid, fel rhai hyfryd, hardd ei fam, yn crebachu o dan y düwch yn eu canol a phanig yr annisgwyl dros ei bryd a gwedd gwelw.

Ond hyd yn oed wrth sylweddoli mai ei dad oedd wedi'i ddihuno o'i freuddwyd liw dydd, ni oleuodd y gofod yn llygaid Elis. Fe gofiodd weld y dychryn hwnnw yn llygaid gleision ei fab pan oedd e'n fabi bychan yn sâl am y tro cyntaf, yn methu deall sut na pham roedd ei gorff yn brifo. Fe'i gwelodd eto pan lwyddodd e fel crwtyn bach i'w wasgu ei hun i'r bwlch rhwng ei gwpwrdd dillad a'i wely i guddio rhag rhyw fwystfil o'i greadigaeth ei hun. Ond nawr, yng ngolau llwyd y dydd, nid oedd yr un bwystfil cas ffuglennol yn cwrso ei gwsg, dim salwch nac anaf i hela'r gwaed trwy ei wythiennau. Nid oedd dim byd i'w ddychryn. Nid oedd dim byd o'i gwmpas i danio'r canhwyllau duon a losgai yn ei lygaid. Na, nid oedd dim byd a allai gynnau'r fath arswyd yn ei fola.

Dim byd ond ei fodolaeth ef, ei dad, yr heliwr gwaethaf, yn sathru ar ei freuddwyd, uwchben ei unig fab.

'Elis, ni'n mynd nawr. Dere.'

Fe ddywedodd Liam hynny bron yn erfyniol, fel pe bai'n disgwyl iddo wrthod, yn ofni y byddai'n gwrthod ac y byddai'n rhaid iddo wrando.

'Na, Dad. Dwi ddim moyn dod. Fi ddim yn mynd mas 'da ti am y diwrnod.'

A dychwelodd Elis yn dawel i gylchoedd Sadwrn yn troelli i felodi'r trombonau trwy ei glustffonau.

Er gwaethaf holl sgrechiadau mud Christina dros y blynyddoedd, er gwaethaf pob un cais, pob ymdrech ac erfyniad, er gwaethaf ei datganiad clir o'r diwedd mai gwir ystyr 'Na, Liam, paid, plis' oedd 'Na, na, na', dim ond y llais hwnnw, ei lais ef, a glywodd ac a glywai Liam o hyd. Llais bachgen, ddim eto'n ddyn, nad oedd am fod yn fab iddo yntau mwyach.

Calando

Cilio

Roedd Christina'n falch o ddianc rhag tyrfa'r archfarchnad. Pobl ddi-drefn fel hi yn ceisio llenwi eu trolïau â rhywbeth i oroesi'r penwythnos hir. Parciodd y car ar y stryd o flaen rhif 43 yn hytrach nag ar y dreif i hwyluso'r dadlwytho. Roedd sawl bag siopa trwm i'w cario i'r ddwy gegin ac nid oedd unrhyw synnwyr mewn creu mwy o waith iddyn nhw eu hunain.

'Cymer y pethe sy angen mynd i'r oergell drws nesa tra bo fi'n mynd â'n bwyd ni miwn. Wna i ddilyn ti draw mewn muned. A chofia roi'r hufen iâ yng ngwaelod y rhewgell. Dwi ddim moyn i Mrs Jenkins orfod plygu.'

Dringodd Elis mas o'r sedd gefn i agor bŵt y car ond oedodd Christina, ei llygaid yn crwydro dros y drych bychan o'i blaen gan archwilio pob manylyn o'r gorwel y tu ôl iddi, rhag ofn. Cnodd ymyl ei hewin gan anwybyddu blas plastig y polish piws wrth i'w dannedd grafu'r croen caled.

Roedd y drych yn wag wrth gwrs. Ac fe wyddai hynny. Dim ond ceir y cymdogion yn dwt o flaen eu cartrefi ac ambell gwmwl yn yr awyr uwchben stryd gefn stad Pen y

Cae. Anadlodd o'i pherfedd. Fe allai glywed adlais ei gysgod o hyd.

Datglodd Christina'r drws â chryn drafferth wrth bwyso un bag siopa llawn dros ei hysgwydd, un dros ei garddwrn ac un arall dros ddeu-fys ei llaw chwith, tra bod ei llaw dde'n clencian yr allweddi o flaen y clo. Gwnaeth bob math o ystumiau i'r camera uwch ei phen fel pe bai'n rhannu ei rhwystredigaeth â hi ei hun. Llwyddodd yn y pen draw i agor y drws ond gollyngodd y bag oddi ar ei deu-fys wrth faglu ei ffordd i'r gegin gan achosi i ambell dres o'r bynen ar gefn ei phen ddisgyn yn lletchwith i'w llygaid. Aeth yn ôl i godi'r bag ac estynnodd am y pentwr post y tu ôl i'r drws ar yr un pryd. Wrth shifflo trwy'r biliau a'r pamffledi, petrusodd wrth gyrraedd llun deniadol o heulwen euraidd yn goferu dros golofnau rhyw hen adeilad crand. Teml o bosib? Fe drodd y cerdyn post drosodd i'w ddarllen er ei gwaethaf.

Haia Elis,

Dyma lun o'r Pantheon yn Rhufain. Mae'n adeilad eitha od achos mae twll yn y to sy'n gadael glaw a golau i mewn! Falle bod y Rhufeiniaid moyn edrych ar y sêr?

Tywyllodd yr inc glas yn lliw du trwchus gan atalnodi ei saib ar y cerdyn.

Meddwl baset ti'n 'i hoffi fe.

Dad

Fe'i darllenodd eto. Unwaith, ddwywaith. A'i bwyso yn ei llaw fel pe bai hi'n mesur ei werth. Camodd yn ôl i'r awyr iach, rhoi'r amlenni mewn pentwr anniben ar silff y ffenest agosaf a'r cerdyn post ar y gwaelod. Byddai hi'n ei roi gyda'r gweddill yn nes ymlaen, mewn bocs mewn drâr ar ochr bellaf ei gwely, mas o'r golwg. Mas o'i olwg e hefyd. Nid dyma'r amser. Nid nawr, ac nid yfory chwaith. Fe ddeuai hynny eto. Efallai...

Roedd drws rhif 43 eisoes ar agor ac fe gamodd trwyddo heb iddi guro ar y drws hyd yn oed. Roedd hi'n amau'n fawr a fyddai ei chymdoges yn ei chlywed pe bai hi'n curo. Cludodd y bagiau siopa olaf i'r gegin a'u gosod o flaen y ffwrn. Safai'r bagiau eraill yn llawn o hyd ar y llawr ger yr oergell, pecyn menyn ar ben un ohonynt yn chwysu'n araf dan olau egwan y dydd. Ond doedd dim golwg o Elis.

Gorffwysai tair rhes o fisgedi ceirch a siocled ar rac ar y seld yn oeri. Rhaid eu bod nhw'n dwym o hyd gan fod eu haroglau siwgrllyd yn llenwi'r gegin.

'Anita! Rwyt ti i fod yn gorffwys,' dwrdiodd i gyfeiriad yr ystafell gerdd.

Prysurodd Christina ei hun yn y gegin. Rhwygodd y gorchudd plastig oddi ar goesau tusw o rosod a'u twtio â siswrn cyn eu gosod mewn jwg yng nghanol y bwrdd crwn. Nid oedden nhw mor bert â rhai Mr Jenkins a addurnai'r ardd flaen ac a warchodai'r fynedfa i'w chartref, eu gofal yn nwylo ei mab erbyn hyn. Ac roedd persawr y rhain yn bitw wrth iddynt gael eu llyncu gan arogleuon hudolus y gegin, ond fe fydden nhw'n gwneud y tro. Arlliw o'r haf o fewn muriau'r tŷ, gan fod yr ardd yn bellter maith i'w pherchennog am y tro.

Gwthiodd Christina ddrws yr ystafell gerdd ar agor fymryn gan geisio peidio â thorri ar y llawenydd. Eisteddai Elis wrth y piano â Mrs Jenkins wrth ei ymyl. Nid oedd yr un ohonynt yn chwarae'r offeryn, er bod ei glawr ar agor o'u blaen, gan fod y ddau yn astudio llyfr cerdd a bwysai ar y stand bychan yn ei ganol ac yn dilyn geiriau a nodau y gerddoriaeth yn ofalus. Roedden nhw'n canu, ond ddim eto'n cydganu. Yn hytrach, roedd Elis yn dilyn arweiniad Mrs Jenkins ac yn gwneud ei orau i ailadrodd yr hyn a glywai, wythfed yn is wrth reswm.

Daeth taw i'r ymarfer wrth i'r darn groesi i dudalen newydd ond methodd Mrs Jenkins â chael gafael yng nghornel y papur â'i bysedd bregus. Bachodd Christina ar ei chyfle i dorri ar eu traws ac fe hongiai'r melodi ar ei hanner fel cwestiwn heb ei ateb.

'Ma'r lasagne yn y ffwrn. Wyt ti moyn i fi baratoi salad?'

'Do's dim angen hynny 'to. Dere miwn, cei di ymuno â ni am y tro.'

Tynnodd Christina un o'r cadeiriau yn ôl o'r bwrdd a'i throi i wynebu'r piano.

'Ani, wyt ti 'di bod yn pobi? Ti'n gwbod beth oedd y cyngor. Mae angen i ti ymlacio.'

'Ymlacio yw pobi! Ac ro'n i wedi addo gwneud cyfraniad i ffair yr Ysgol Sul fory. Beth bynnag, dwi'n cymryd y bydd rhywun arall isie eu blasu nhw cyn iddyn nhw ddiflannu.'

Ond doedd Elis ddim yn gwrando.

'Yr un 'ma! Beth am yr un 'ma?'

Roedd y bachgen wedi gafael yn y llyfr ac yn chwifio'r tudalennau o'u blaen.

'Bydd angen help ar dy fam gyda'r bwyd, cofia.'

'Mae'n iawn, Ani. Sdim hast. A dwi'n hapus i wneud.'

Daliodd Mrs Jenkins y llyfr a byseddu'r corneli.

'Iawn, efalle fod amser am un gân fach arall. Dwi'n cofio'r un 'ma, ond bydd angen cyfeiliant. Gad i fi weld.'

Symudodd y gerddoriaeth yn nes at ei thrwyn er mwyn ei darllen, ond teimlai hi ei phen yn troi ychydig wrth i'r nodau duon ymdoddi i'r llinellau a'u cynhaliai.

'Dwi'n meddwl bod angen 'yn sbectol arna i. Aros am funed.'

Dringodd Mrs Jenkins y grisiau'n bwyllog a gofalus gan bwyso'n drwm ar y canllaw a daeth o hyd i'w sbectol ddarllen ar y nofel ar erchwyn ei gwely. Ond wrth deimlo'i phen yn cymylu eto, trodd i bwyso am funud ar silff y ffenest a syllu ar y gwyrddni a ddaliai'r dafnau glaw. Dyna hyfryd. Llygedyn o law ar ddiwrnod braf. Roedd gobaith yn y glaw.

Nid oedd yn glawio'n drwm, ond wrth i'w ddiferion ymgasglu ar bob deilen grom a llifo dros bob carreg lwyd, rhoddai'r tywydd gwlyb sglein hyfryd i'r ardd, ei blodau amryliw yn llewyrchu a llawenhau.

Bel tempo, ys dywed yr Eidalwyr. Tywydd braf. Tywydd hardd. Roedd hyd yn oed y glaw yn hardd pan fyddech chi mewn gardd.

Ni fyddai hi'n sefyll yno'n aml wrth ymyl y ffenest fawr. Ddim yn ddigon aml. Gallai weld yr ardd gyfan o'r man hwnnw, ei llwyddiant a'i cholledion. Pob brigyn cam a blagur bychan. Crebachiad lliwiau gwannaidd y gwanwyn a chroeso llachar tymor yr haf. Natur yn newid cywair yn feistrolgar unwaith eto.

Dyma'r lle i ni, *Anita mia*. Edrycha ar yr olygfa. Mae hi'n

wyrdd yr holl ffordd i'r gorwel. Heb ddim un peth yn tarfu arni. Ac aros di. Cei di weld shwt le fydd yn yr ardd 'ma pan fydda i wedi gorffen gweithio arni. Bydd hi'n werth 'i gweld wedyn.

Edrychodd Anita ar irder yr ardd a'r caeau lle porai'r defaid y tu draw a gwerthfawrogi eto y gwaith a wnaed ganddo. Gwthiai'r afalau bychain y blodau crin oddi ar ganghennau esgyrnog y coed. Roedd adeg y petalau gwyngoch wedi darfod. Er gwaethaf niwl y gwlithlaw, roedd yr awel yn ysgafn ac yn llon a chribai dail llysiau'r gwewyr yr awyr fwyn fel plu. Chwinciai'r blodau gwylltion a guddiai'r glaswellt bron yn llwyr, yn goronblethau trwchus o flodau menyn a blodau cof. Blodau oedd y chwyn hefyd wedi'r cyfan, dim ond eu bod nhw'n tyfu yn y lle anghywir, ym marn rhai. Ond nid oedd dim o'i le yn yr ardd hon heno.

Ai gwythiennau'r glaw yn diferu dros wyneb y ffenest a greai'r darlun aneglur o'r ardd, neu oedd ei llygaid hi'n blino wrth ddarllen y gerddoriaeth?

Edrychodd tua'r gorwel a gwylio'r jac-dos yn glanio ar y ceblau trydan a siglai yn y gwynt uwchben y cae. Arwydd o erwydd ar awyr yr hwyrddydd. Safent yn eu rhesi yn ufudd ac yn ffyddlon cyn cilio yn eu trefn i'w clwydi yn y coed.

Clywodd Anita chwarddiad heintus Elis fel ton yn chwyddo oddi tani a llais Christina'n ei adleisio wrth iddi hi roi cynnig ar y gân. Gwir gerddoriaeth. Gwrandawodd ar gytgord eu symudiadau islaw wrth i Christina fynd i'r gegin i ddechrau paratoi pryd arall eto fyth i'r triawd bach llon a blinedig. Gwrandawodd ar sŵn ysgafn drysau ei chypyrddau yn agor a chau a thinc soniarus hyfryd y llestri ar y bwrdd. Fe safai hi a gwrando ar gloch y ffwrn yn canu ac ar Elis yn mentro'i fysedd dros nodau gwyn y piano, ond heb drio cyffwrdd sglein y rhai duon yn eu plith. Arhosodd hi i wrando ar symffoni holl synau bywyd yn ei chartref. Wrth bwyso'i bysedd garw ar y ffenest, sylweddolodd Anita Rosa mai prin y gallai glywed cyfeiliant yr ardd na chymeradwyaeth dawel y glaw yn disgyn ar y gwair.

HALLT

Meleri Wyn James

'Mae llaw gelfydd a sicr y llenor ar waith yma.'
ION THOMAS

ENILLYDD
Y FEDAL
RYDDIAITH
2023

y olfa

£9.99

Holwch am bris argraffu!
www.ylolfa.com